Elisabeth Rynell

Hohaj

Roman

Albert Bonniers Förlag

www.albertbonniersforlag.com

ISBN 91-0-056795-7
© Elisabeth Rynell 1997
Första utgåva 1997
Bonnierpocket 1998
Fjärde tryckningen
Printed in Denmark
Nørhaven a/s
Viborg 2000

"Betrakta dem noga innan de skingras för alltid...
Ännu har du dem en stund, om hjärtat lyckas fasthålla –
Ännu tjänar de på minnets gårdar."

        Ur "Minnets vålnad" av Harry Martinson

Utmarkerna. De sällan beträdda.

Det är underligt att komma dit. Att de kan finnas där, så vaket drömmande.

Kanske underligast av allt, deras skönhet. Och att gå i detta obeträdda och plötsligt upptäcka att det är bebott. Ute i det avsides lever människor, några här, några där. Mikroskopiska husprickar. Ett hundskall som klipper upp en milsvid tystnad.

Också det obeträdda genomkorsas av stigar. Det tar tid att upptäcka dem, men de finns där. Människor och djur har samarbetat om dem, de är ett gemensamt språk. Sedan har människorna fortsatt på sitt eget språk. De har namngivit. Varje skiftning i landskapet har de namngivit.

Utmarkerna i denna berättelse bär namnet Hohaj. En gång kunde detta ord uttydas. Nu är det ett tecken, ett märke; väven det var invävt i har vittrat bort.

Men stigarna finns kvar, ursprungsspråket. Där möts minne och glömska. Och bakom tystnaden ligger en ännu större tystnad.

I
Ropet

Först ett minne.

Vi bodde sedan många år i Lappland. I en liten ficka i landskapet som skog och berg öppnat upp. Det var du, det var jag och så våra barn. De var små vid den här tiden.

Detta sista år föll blöt och tung snö hela november. Vår väg korkades igen och björkarna tvangs ned i en båge. Vi gick ut och försökte skaka snön ur träden, du och jag. Vi skrattade och blev barnsliga när den föll ned över oss i sjok. I timmar gick vi och befriade träd med särskilda långa störar vi tillverkat. Det blev förjulsvinter. Den blöta snön frös ihop och blev hård. Det var ständiga elavbrott. Du stod i snömörkret och lagade lammkotletter på utegrillen. I träkolslukten som drev ut i vinterkvällen var verkligheten redan förvandlad till minne.

Du skulle med morgonplanet. Taxin hämtade dig långt före sex. Jag sov men hörde ändå inne i mörkret hur en bildörr slog igen. Där for han, minns jag att jag tänkte.

Det gick några dagar. Vi pratade i telefon. Nu var det morgon igen. Mörkt. Barnen sov i barnkammaren, jag sov i vår säng. Varför darrar ännu mina händer när jag skriver detta? Därute hade trädstammarna rämnat under den hårdfrysta snöbördan. Det var ett mycket litet hus mitt i skogen, djupt ner i snön, långt in i mörkret. Telefonsignaler slet upp mig ur sömnen och medan jag trevade mig fram mot telefonen hade jag redan förvandlats till ett djur, utskrämt ur grytet, vädrande, skälvande i päls och morrhår.

Där var en telefonist.

– Rikssamtal från länslasarettet. Jag kopplar.

Lasarettet? Du? Men allt var ju bra. Jag hade ju ringt kvällen innan. Du hade vaknat upp ur narkosen, du drack nyponsoppa, sa de, och skojade med personalen.

Nu kom en ny röst, en mansröst i luren som ville veta vem jag var, om jag verkligen var jag och ingen annan. Han var läkare. Han sa att det hänt något mycket tråkigt. Jag vägde orden. Mycket tråkigt. Det var något som var värre än tråkigt, men inte fruktansvärt, det sa han inte, inte djupt tragiskt, inte katastrof. Jag hörde bara till hälften vad han sa vidare, jag hade sådant besvär med att väga dessa ord och jämföra dem med det faktum att han ringt, och så tidigt – hur mycket var klockan egentligen? Plötsligt märkte jag att han beskrev operationen, det var tydligen han som opererat, han berättade att allt gått bra, att du vaknat upp på kvällen. Varför berättade han det? Hade det hänt något sedan? Och mycket tråkigt, när skulle han komma till det? Nu nämnde han nyponsoppan. Han var på väg mot något, han hade ett mål, jag börjar känna vittringen, börjar ana väggar, väggar som snart måste brista. Är du medvetslös? Ligger du i coma? Jag ska genast resa till dig, vara hos dig, hålla din hand i min tills dess du vaknar. Men nu säger rösten något. Att du svimmade på toaletten. Att undersköterskan var där, att nej, du var inte ensam, aldrig, inte för ett ögonblick. Och att bårvagn, att du ligger där och svimmar igen, att larmet, att storlarm, alla springer, syrgas, adrenalin. Och nu är rösten en köttkvarn som jag tryckts ner i och mals i, fiber för fiber. Nu säger den att du blev blå, att narkosläkare, jourläkare, att du vaknar upp ett kort ögonblick och sedan förlorar medvetandet, att – men nu hör jag inte mer vad rösten säger, bara vaga konturer av ord i det jättelika skredet som har dragit med sig allt som finns i sin väg, bilder, blixtar, hela mitt liv och du och vårt hus och våra sista samtal, allt, allt tjuter och väsnas så att rösten som envist maler, den olidliga köttkvarnen, mest låter som den tunnaste lilla diskanttonen på pianot som plingar, plingar i stormen.

Så med ens stod jag ensam på en oändlig slätt av stillhet, i fullkomlig tystnad. Rösten som sa: ...och han dog klockan tjugotvå och... Världen frös där. Inga vägar, inga kryphål. Men bara för ett ögonblick. Därpå började den att knakande och bristande i våldsam fart tumla baklänges och allting slets från sina fästen och vreds hårt in i baklänges, in i smärtan. Det brast, varje tråd och fiber brast i tvingande, vanvettiga krafter. Baklänges, baklänges, motsols, motsols. Jag skrek. Jag stod mitt i den galna, rytande stormen och skrek. Och barnen hade vaknat nu. Med gälla skrik inifrån barnkammaren kom de utfarande, vettskrämda, gråtande. Och jag ropade åt dem, jag utslungade över dem de alldeles omöjliga, oformliga orden att deras pappa var död, jag stötte ur mig orden, spydde dem ur mig, slungade dem över barnen som skrek som om de blivit slagna. I telefonluren någonstans på golvet ropade ännu rösten medan vi stod omslingrade, barnen och jag, och höll i varandra, höll i oss i varandra.

Där var jag, där var barnen. Jag kunde känna hugget nu, yxhugget. Vi sjönk samman kring det, rakt in i det, drevs in i det.

Det gick säkert tid. Det gick timmar. En vän kom och hämtade barnen. Om och om igen måste baklängesorden uttalas, huggorden tryckas fram och ut mellan mina tänder. Det var ljust nu, vitt. Det var en dag. Jag insåg det. Det skulle fortsätta att vara dagar. Så orimligt. Djuren i lagården som skulle stillas. Var det jag som skulle göra det?

Getterna var tysta när jag gick in till dem. De såg mig. De rörde inte höet jag lade för dem. Då grät jag med dem. Grät samman med dem och berättade utan ord. Och det var så stilla inne hos dem. Lyssnande. Djur vet en del. Vissa saker förstår de bättre. Och jag hade redan upphört att vara en människa. Det såg jag i getternas ögon. Jag var en av dem. I det omätliga, i det formlösa.

Det hände något sedan, när jag kom ut från lagårn. Att där låg snön. Där stod världen. Där var träden. Öppet. Öppet. Jag kunde gå rakt ut i det. Rakt ut i allt. Men en inre röst pekade ut vårt hus åt mig, pekade och sa: du ska dit, du ska in där i det huset. Jag visste inte om det var en röst att lyssna till. Och huset verkade så litet, så likgiltigt; fanns det verkligen ett samband mellan mig och det huset? Att jag skulle in där, att jag skulle rymmas där?

Jag tittade upp mot skogen. Det fanns en annan röst också. Som ett rop inne i mig. Ett rop och skogen och hela himlen. Verkligt, ja. Verkligt. Men den första inre rösten sa: gå nu, gå till dörren där, det är din dörr, det är ditt liv därinne. Gå nu, öppna dörren.

Och jag lämnade ropet ute hos snön. Lät det finnas där, jag hade hört det nu. Hur det kunde ljuda inom mig, i det öppna.

Han var en av dem som drog fram efter landsvägarna. Somliga drog land och rike runt. Andra höll sig med mindre revir. Landstrykare kallades de. Som herrelösa hundar, som strykarkatter, som stann- och strykfåglar. Någonting hade satt dem i rörelse. Något hade slungat ut dem. Varje landsväg bar på några. Som en oro. De bofasta stördes i sin bofasthet. Att de drivits ut, de här människotrasorna, att de drev ikring. Det var en olust i det. Hårt och skorvigt skinn hade de. Deras blick var landsvägslång. Inne mellan husväggar trängdes den ihop och samlades i en hårt riktad stråle, en vässad stråle ljus. Och den träffade de bofasta. Landstrykarblicken, sa man.

Han kallade sig Aron. Han hade gått iland i Simrishamn efter otaliga år till sjöss. Han hade börjat gå. I världen var det krig. Levande och döda män låg nergrävda i leran i Europas åkrar. Han var på väg bort från kriget, han gick mot norr, hade fått för sig att göra det. Bara gå och gå upp genom landet. Det var ett främmande land, han hade ingen rätt att vara där, han hade ingen rätt att vara någonstans. Nu gick han på instinkt mot norr, som följde han en ton. I en månad hade han vandrat. Han hade passerat Stockholm, gick tvärs igenom på mindre än en dag. Han var hungrig. Han kunde inte med att tigga, kunde inte med att hamna fel. Som i fel hus, hos fel människa. Nej, han ville bli emottagen. Han hade en längtan.

I sällskap hade denne Aron dessutom en hund. En jättelik, svart hundvarelse försedd med munkorg av flätade vidjor. Han kallade hunden för Lurv och det var ett passande namn. Det var med stor möda han lyckades föda sig själv och sin hund såpass att de höll sig på benen. Men det fanns de som ömkade den stora hunden, att den måste gå efter vägarna som en landstrykare. Man gav den slaktavfall, mögelbröd, potatisskal. Och då fick ju Aron ha en brödbit eller en kallpotatis att stoppa i munnen medan hunden åt.

Genast han passerat Uppsalaslätten blev avstånden längre mellan byar och stugor. Det var mycket skog. Och kallt. Det var ju vinter också, julen hade han passerat i Uppsala. Men skogen. Vad var det för en värld? Hela detta land som han vandrade genom tycktes befolkat av skogar mer än något annat. Redan när han passerat Kristianstad någon av de första dagarna slöt sig dessa dunkelgröna barrträd kring honom. Sedan gick han i dagar bland träden. I början tycktes de honom mest som ett hinder, han kunde inte se, träden stod i vägen. Men efter en tid lärde han sig att se det som fanns mellan träden. Att där var en värld av ljus och skugga, en värld av rum, av ständigt nya rum som öppnade sig för honom. Och han gick där, en förundrad gäst i ett ofantligt hus. Nu stod skogen vinterstilla och klirrade lätt med sina köldkristaller. Lurv slapp ur sin munkorg och sökte sork i djupsnön. För Aron fanns det mycket hunger mellan gårdarna, mil av hunger att vandra i. När kylan var stark och han inte ätit på länge, tyckte han att inälvorna skramlade som stora, döda skaldjur i kroppen på honom. Då tvangs han till husen. Och det var ohjälpligt att han ofta kom fel på ena eller andra sättet.

Men ibland kunde fel visa sig lägligt. Så var det på ett enstakatorp i skogarna mellan Hälsingland och Medelpad. Det var i kvällningen. Kvinnan i huset låg och födde när han kom. Aron var rädd, han var skräckslagen, att behöva tillbringa natten i skogen. Plötsligt hade det blivit så kallt. Och det fanns nästan inga hus. Lurv frös om tassarna så att han haltade.

– Ge dig iväg! Här får ingen komma in! Hon ligger och föder!

Han kröp ihop kring sig och backade hastigt bort från stugdörren, gjorde en gest åt Lurv att följa honom. Marken skrek under hans fötter, det gjorde ont bara att höra det. Ljudet av stugdörren som åter flög upp var redan overkligt och rösten som skrek genom den strama, kramande köldluften.

– Är du kvar!? Kan du mjölka?

Aron stannade och lyssnade. Han förstod inte orden, han inte ens vände sig om.

– Hör du inte? Kan du mjölka, karl?

Nu vände sig Aron om. I skymningsdunklet urskiljde han mannen på bron som en oformlig skugga.

– Ja, ropade han. Ja'a.

– Men kom hit då, det är bråttom! Ta med dig barna in i lagårn och mjölka så ska jag ränna efter barnmorska.

Aron hade genast vänt tillbaka till stugan. Det stod en liten klunga barn på farstubron. Mannen räckte honom en hink.

– Det blir svårt därinne, hon har det svårt, mumlade han medan han drog stövlarna på sig. Och satan så kallt det är.

Han spände på sig skidorna och gav sig av.

– Är hon själv därinne? ropade Aron efter honom.

– Nej, nej, hörde han mannens svar ur skogsbrynet.

– Farmor är där, sa det största av barnen lågt.

– Kom nu, sa Aron. Var inte rädda. Hunden är snäll som ett litet lamm.

Barnen följde honom på lite avstånd ner till lagårn. Han försökte prata med dem och fråga dem om saker, men de svarade lågt och enstavigt, kanske förstod de inte vad han sa. Han mjölkade de två korna lite valhänt och ovant, han hade inte varit nära en ko sedan han lämnade sina öar för eviga tider sedan. Lurv snarkade tungt i sin vrå och på eldhärden glödde några vedträn gott. Han gav både barnen och sig själv att dricka av den ljumma mjölken. När mannen sent på kvällen kom tillbaka var det bara Aron som var vaken.

– Det ska nog gå bra nu, sa han när Aron frågade.

Men barnet föddes dött. Och Aron fick stanna medan mannen for bort och begravde den lille. Han blev kvar på torpet nästan i en vecka.

Fast oftast ville inte människor ha hans hjälp. Misstänksamt granskad av husfolket kunde han i nåder bli insläppt i ladugårdsvärmen.

– Men odjuret får han lämna utanför, kunde de säga.

Aron kände en olidlig skuld, han visste inte bestämt över vad. En skuld, en tyngd.

– Ska det aldrig bli något slut på det här landstrykareländet? kunde vissa få för sig att säga när de såg honom stå där i dörröppningen.

Men då vände han sig ifrån dem och gick. Han uthärdade inte den sortens. Han tyckte det räckte så väl att bära skulden för sig själv och sin egen plåga. Hans egen skam räckte väl åt honom. Den hängde som en säck över ryggen, en välfylld säck.

Och vintern låg där den låg det här året. Han tyckte han rört sig genom den så länge han kunde minnas. Ibland försökte han på lek föreställa sig landskapet utan snö. Grönska. Blommor i dikena. Och bergen som ständigt fanns där i fjärran, vilken färg kunde de ha under det vita? Och luften, en ljummen vind? Här fanns nästan ingen vind, här var vindlöst. Träden stod stilla inne i skogen, som mellanrum, som väntan. Solen var vit på himlen och marken var vit och bergen och träden och hustaken. Rökarna som steg ur skorstenarna var också vita. Men värst var månens vita de nätter ingen velat ta emot honom. Då frågade han sig själv vart han egentligen var på väg, vad det var han inbillade sig om sitt liv. Tidigare hade han aldrig brytt sig om att tänka ut tankarna i ord, men de här nätterna blev han tvungen att söka rätt på orden för vad det var han gjorde. Och de var ungefär, att han ville hitta hem. Att det var en ton. Ett rop. Det var skrämmande, tyckte han, att det var så han gått och tänkt i det otänkta. Men nu var det så och det var på något vis för sent att vända om. Han hade ju inget att återvända till heller. Han hade ju ingenting.

När Aron i februarivintern nådde Umeå bestämde han sig för att lämna sitt gamla väderstreck och i stället följa Umeälven inåt landet. Det var någonting med skogen, en längtan som slagit ut i honom, att komma bara djupare in. Han tänkte att det skulle vara ett stort och tyst land som väntade på honom därinne. Han skulle inte mera gå just norrut, utan låta ingivelsen föra honom rätt.

På så vis kom han några dagar senare till Racksele, en köping en bit in i Lappland. Forsrökarna hängde som vita stoder över älven när han gick över bron. Det var tidig förmiddag och bittert kallt och varken han eller hunden hade ätit något vidare sedan de lämnade Umeå.

– Vi ska inte ge oss in bland de där husen, mumlade han stelt åt sin följeslagare. Vi ska bara fortsätta rakt fram. Vi ska följa solen idag.

Så de gick med solen i ögonen rakt förbi bolagens träslott och ut ur Racksele söderut. Det gick snabbt, strax omslöts de av skog igen. Uppe på ett krön efter ett långt uppförslut, var det som om hela landet öppnat sig för dem i en myr som sträckte sig ut åt alla håll. Ja, plötsligt var landskapet ett hav och på detta hav seglade skogar och berg och åsar om varandra i allt tunnare skiktningar, tills man till slut inte såg var landet slutade och himlen tog vid.

Aron blev stående. Han stod med ena handen på Lurvs nacke och bara såg ut. Genom all frusenhet och hunger kände han som en liten rörelse, något som krafsade och grävde. Han skrattade till, skrovligt, främmande. Han drog in all luft han kunde rymma. Och handen nöp om hundens nacke och han blundade och sträckte sin nacke uppåt, uppåt.

– Kom! väste han fram. Och så sprang de ett slag. Ut i detta.

De gick genom skogar, kom upp på höjder, ned i sänkor, korsade frusna vattendrag, kom in i en by där Aron lyckades samla mod nog att peka på sin mun och sin mage i några av husen. Och de gick ut ur byn med några brödkanter skramlande i magen, gick och gick. Fram på eftermiddagen, inte så långt ifrån byn, kom de till ett vägskäl. Till höger gick en väg spikrakt västerut, skuren som med kniv genom skogsfällen. På den vek de av.

– Sa jag inte att vi skulle följa solen idag! utbrast Aron triumferande till sin hund.

Solklotet stod lågt mellan träden borta där vägen stegrade sig uppåt. De var nu mitt inne i det sagoland de sett från myren utanför Racksele. Tallarna var borta, kvar stod granarna, mycket magra och allvarliga i sina åtsmitande snöskrudar. De stod ganska glest och nästan överallt såg man myrar lysa fram mellan dem. Och där stod små och krokväxta granar och änmer krokväxta och förkrympta björkar utställda här och var som på en scen. Bergen hade nu också trätt närmare. Aron kände att de fanns omkring honom, han kunde se dem i sin fullhet, från fot till topp. Och de var mycket tunga. Vägen vindlade sig stundtals våldsamt, sedan låg den åter raklång framför honom.

När de gått nog så länge på denna väg och han inte sett skymten av en människoboning, nej, inte så mycket som en lada, började glädjen och hoppfullheten från förmiddagen sakta ge vika för modlösheten. Det bar nu uppför igen. Och Gud så han frös! Näringen i de brödbitar han fått i sig var säkert förbrukad. Det började morra och vrida sig nere i magen. Nu gick han och tärde på sig själv, gnagde på sitt kött, sina muskler, ja, till och med benknotorna åts långsamt av den rasande hungern.

Det hände ofta när han gick hungrig, att han fastnade i fantasier om hur han åts av sin egen hunger. Han såg för sig alldeles tydligt hur hungern förtärde honom, hur han åts inifrån sig själv tills han plötsligt bara skulle falla samman, tom och uräten som en larv efter en stekels måltid på den. Tankarna plågade honom nästan mer än själva hungern, de klängde sig fast vid honom och vägrade att försvinna, ständigt var synerna där som fyllde honom med äckel.

Fortfarande bar det uppför. Lurv hade börjat halta. Och nu lade Aron märke till en förändring omkring sig. Det hade börjat blåsa. Och himlen, som solen just lämnat, hade höljts i moln. Nu blåste snön ur granarna efter vägen, överallt uppstod täta snörökar, de svällde ut ur de magra träden i stora bulliga moln och föll sakta ner. Aron blev hastigt fri sina hungertankar. Han höll Lurv så tätt intill sig han någonsin kunde och försökte att med hopknipta ögon och djupt framåtböjd ta sig fram genom snön som allt tätare yrde både ur träden och från himlen. Han som betvivlat att det ens kunde blåsa i det här landet. Nu fick han smaka på vind. Han hörde hur den brusade och ven, hur den satsade och tog i, hur den rev och ylade genom skogen. Snön trängde sig in överallt på hans kropp, ner längs nacke och hals, in mellan gliporna i rocken, upp längs ärmarna, byxbenen, ner i byxlinningen – han kunde inte freda sig för den hur än han höll rocken stängd och hatten nerdragen. Snart såg han knappt Lurv ens, fast han kunde känna honom mot sitt ben. Det enda viktiga var att hålla sig kvar på vägen. För någonstans måste den ju ändå slutligen föra honom. En väg, tänkte han, kan ju inte bara borra sig in i intet. Den måste ju leda någonstans.

Men nu drevade sig snön så att den ofta låg lika djup på vägen som på sidan om. I skogen gick det ganska bra, men när de kom ut på myrarna igen var det nästan omöjligt att veta vad i allt det vita som var väg. Han tittade rakt ner men såg ofta inte fötterna. Han prövade att känna sig fram – var det hårt nu, var det fast och trampat? Lurv tycktes veta bättre, han travade på med en helt annan säkerhet och Aron gav slutligen upp och lät hunden leda sig genom stormen.

Vindbyarna samlade bara mer och mer kraft för varje gång de kom drivande. Ibland hördes ljud som av träd som knäcktes mitt i allt oväsendet. Och ständigt dråsade tunga lass av snö ned över dem. Aron fick kratsa fram ansiktet med handen för att kunna se och andas.

De kom såsmåningom in i en by, men det såg inte Aron. Han såg inte ljusen från husen på vägens sidor, han bara gick med ansiktet vänt ner mot bröstet och stormen överallt ikring. Inne i honom hade allt upphört utom det att ta sig fram. Men så lossnade halsduken han knutit kring hatten. Då stannade han upp och försökte med sina fumliga, inlindade händer att få fatt i halsduksändarna och fästa ihop dem på nytt. Han lyfte på huvudet en aning och begrep först inte vad det var han såg. Små blekt gula rutor ute i mörkret. Och Lurv kändes orolig intill honom.

Det tog en stund innan han insåg att det verkligen var hus han såg, att de hade kommit till en by. Han bankade lätt med handen på Lurv och försökte säga något, men ansiktet var som ett pansar och munnen ett tillfruset hål. Det blev ett grymlande ur strupen bara som stormen genast förde med sig bort igenom mörkret.

Aron stod en stund och gruvade sig. Men en kväll som denna kunde väl ändå ingen visa bort honom. Så han tog sig genom snödrivorna upp mot ljusblänken i fönstren med Lurv tätt vid benen.

När han äntligen fick upp ytterdörren till huset han kommit till, for stormen med honom in.

– Stäng dörrn, mänska, ropades det inifrån stugan. Så vi slipper gräva oss ut i afton!

Det var ett drygt arbete att få igen dörren, snön hade redan packat sig vid tröskeln så han fick sparka den fri. Sedan blev Aron stående tyst i den farstu han hamnat i. Det fanns varken röst eller ord åt honom.

Det var öppet in till stugan men han såg inte. Han stod djupt inne i sig själv, stum, bländad. Det var som han inte kunde träda ut ur sig, som om storm och köld och hunger pressat in honom i ett skrymsle långt långt in, och nu hittade han inte tillbaka ut.

Inne i stugan satt en man och en kvinna och en hop med barn vid sin kvällsvard. De svalde sin gröt och väntade och teg.

Aron kunde nu ana gruppen av människor därinne. Han förstod att han borde säga något. Som att han sökte tak över huvudet, att stormen, att Lurv. Och att han ville göra rätt för sig. Han förstod mer och mer att han måste få fram detta ur sig och försökte omständligt hitta rätt på sin röst. Nu hördes en egendomlig harkling från honom.

– Förlåt, sa han. Sedan blev det tyst.

Husbonden lade ifrån sig sin sked och fäste sin blick på främlingen. Ingen ovänlig blick. Men lång. Han tittade tills deras blickar möttes, tills främlingens blick grävt sig fram ur sina hålor.

– Helga, sa han sedan. Hjälp fram karln ur rocken och stövlarna. Han är ju rent översnöad!

Aron hade inte ens fått av sig hatten. Den var som ett litet hus av snö, fast cementerad vid halsduken som i sin tur förankrats någonstans under rocken. Kvinnan började med att försiktigt ta av honom hatten och den långa halsduken, så att hans ansikte blev synligt. Hon såg hastigt på honom, men Aron skämdes och hade helst velat gömma sig igen. Snön rasade i klumpar ned på golvet när hon drog av honom rocken. På nytt sköljde skammen genom honom, han ville göra något men kunde inte bestämma sig för vad och blev bara stående som ett stort, tungt djur mitt på farstugolvet. Kvinnan hade ställt fram en knekt att dra av stövlarna mot och Aron arbetade nu intensivt med att få av dem, han ville klara av att göra det själv, detta lilla ville han klara utan hjälp. Han ville också säga något till kvinnan, men det enda ord han kunde tänka ut var förlåt, och det hade han ju redan sagt en gång. Kanske kunde han också säga tack, men det borde han nog vänta lite med. Det grämde honom att han inte sagt godkväll eller godafton när han kom in. Vad tänkte de om honom, dessa människor, de måste ju undra vad han var för en? Sedan var det ju Lurv också. Hur skulle han göra med Lurv som satt bunden utanför? Det var ju alldeles tillräckligt med allting ändå.

Nu hade kvinnan tagit en kvast och med den borstade hon den återstående snön ur hans byxor. Hon vred och vände honom allteftersom hon borstade och Arons blick vände plågad inåt igen, längst in där ingen kunde hitta honom. När han slutligen kom att stå ansikte mot ansikte med henne, log hon. Som ett avlägset eko av något steg hennes leende in i honom och även om han inte kunde le tillbaka, så förmådde han ändå se på henne.

– Jaha! sa hon med en förvånansvärt stark och gäll röst. Nu syns han!

Hon tittade bort mot sin man.

– Så nu kan han väl berätta vem han är, fortsatte hon.

Aron såg tafatt ut. Hans läppar rördes lite medan han tittade, än på henne, än på mannen.

– Aron Ryd, fick han äntligen fram. Ni kan kalla mig Aron, sa han. Och det hördes tydligt att han bröt på något främmande.

– Ja, men då ska Aron Ryd få äta, svarade genast kvinnan och föste honom in i stugan, fram till de andra.

Aron såg på människorna kring bordet, mannen, de fyra små barnen, han såg på dem, samtidigt blygt och nyfiket medan kvinnan slevade upp gröt och mjölk i en skål som hon ställde framför honom.

– Ät nu, sa hon.

Han åt under tystnad, med de andras blickar fästade på sig. Det var ändå goda blickar, de såg på honom utan misstänksamhet, han kunde inte begripa det. Det måste vara något särskilt med de här människorna, tänkte han.

Senast han ätit varm, lagad mat vid ett bord och i sällskap med andra, var hos dem där i i torpet mellan Hälsingland och Medelpad. Han hade hållt till godo med kallpotatisar och bröd och matrester ända sedan dess. Det måste vara flera veckor. Plötsligt tyckte han så synd om djuren som aldrig fick äta varm mat. Han kände sig febrig av värmen. Ansiktet hettade, han måtte vara högröd. Han skrapade skålen noga och slickade sig ren om munnen.

– Ni ska ha tack! sa han.

– Bara han är mätt, så –.

– Tack, sa han igen. Och nu tittade han från kvinnan till mannen, liksom sökte i deras ögon.

– Det är så, började han slutligen, det är så att jag har min hund med mig.

– Men släpp in honom då, svarade mannen i huset tveklöst.

– Han är rätt stor. Han står fästad utanför dörrn.

– Sätt honom i farstun bara. Här i huset är vi inte rädd för hundar.

När Aron öppnade dörren ut forsade stormen in i en våg av vitånga och snö.

– Du ska in nu Lurv, mumlade han och löste upp repet.

Han pressade igen dörren så snabbt han kunde och blev stående med hunden i farstun.

Barnen som kommit fram och kikat sprang hastigt iväg och gömde sig. Mannen stod mitt på stuggolvet och bara gapade. Lurv skakade snön ur pälsen så att det yrde om honom. Nu skrattade mannen till, helt kort.

– Och du lovar att det inte är en björn du släpat in –?

Aron tittade förvånat på honom. Skojade han?

– Å Herre Gud min skapare! skrek i samma stund kvinnan som just kommit fram bakom honom.

– Är det verkligt en hund? frågade mannen och stirrade med klotrunda ögon på Aron. Menar du att det där skulle vara en hund!

Aron nickade ivrigt och log lite försiktigt. Mannen brast genast i skratt. Bakom honom stod hustrun med minsta barnet i famnen och skrattade så hon tjöt. Plötsligt störtade hennes man iväg till ett sängskåp i en vrå av stugan.

– Pappa, ropade han upphetsat. Nu måste du titta här, pappa! hojtade han in bakom sängskynket. Vi har fått en tam björn i farstun, ska du veta. För visst är han väl tam? fortsatte han med en blinkning åt Aron. Under tiden baxade han ut en liten gubbe ur sängskåpet och bar honom sedan i famnen bort till dörröppningen.

– Ser du nu, pappa? tjöt husbonden i örat på gubben. Ser du?

Barnet i hustruns famn skrek högt av förskräckelse medan mamman skakade och riste av skratt. De lite större barnen satt hopkrupna under matbordet och hade börjat skratta, de också, kanske mer åt skrattandet än åt hunden. Aron stod intill sin blöta jättehund, varm och omtumlad av all glädje som brutit lös kring honom. Alla var som vettlösa av skratt.

Till sist blev mannen tvungen att gå bort med gubben och sätta honom i sängskåpet igen. Tårarna rann på kinderna, både på honom och hans far.

– Ja'a, sa han matt. Ingen dålig hund du hade –

Ännu en skrattrysning for genom rummet.

– Det måtte krävas många dagsverken till och föda den där? fortsatte han i ett tappert försök till samling.

— Jo'o. Nja. Aron drog på det. Fast det är nog mest päls, påstod han sedan och klappade Lurv lite i sidan.

— Mest... päls..! kved kvinnan i en ny skrattkramp. Nä. Nä, nu tog han väl ändå i!

Lurv själv hade i allt detta oväsen lagt sig ner med nosen på framtassarna. Med pinad blick iakttog han de rasande människorna.

Aron lodade inne i sig djup av sällhet, av obegriplig hemkomst, han stod och tittade ut över gestalterna där i stugan och visste inte om han vågade tro på detta som han upplevde.

— Nähä, sa hustrun plötsligt och tittade på hunden. Han ska väl få lite lön för det här, hundstackarn också.

Hon vräkte raskt potatisskal och annat överblivet i grötgrytan och ställde fram det åt Lurv.

— Det är vad som finns för dagen —

— Ja, vi får slakta kon i morgon —. Om han inte slaktar den själv! Förresten, jag heter Salomon, det har jag visst glömt och säga.

Mannen fattade Arons hand och tryckte den i sin.

— Och det här, det är Helga, fortsatte han och grep tag om hustrun.

— Gubben därborta, det är pappa åt mig, han är ofärdig, kan man säga. Och så dem här, sa han vidare och blinkade åt barnen, dem heter Små'en! Så då vet du!

De hade slagit sig ned vid eldstaden. Salomon rökte pipa och blåste ut stora rökmoln. Aron fick berätta om stormen och hur långt han gått under dagen. När de frågade varifrån han kom eftersom han bröt så märkvärdigt, fick de nöja sig med det undvikande svaret: – Ett grannland. Och de nöjde sig, de frågade inte mer. Sedan visade de upp Aron till en vindskammare där han kunde sova. Lämnad ensam däruppe knäppte Aron sina händer och bad sig till sömns.

Det är tomt. Jag hör mitt eget hjärta nu. Och det andra. Långt under snön. Det väldiga, heta.

Granarna, de lyssnar också. Hela landskapet. Små, stilla moln av frost uthängda över dalgångarna. Och ropet, det där ropet som stöter med käppen i mig. Det bär en väg i sig. Jag vill bara gå. Eller vill? Jag vill ingenting. Det är inte jag. Det är benen, stegen, det är känslan av väg. Ropet som lyfter ur mig som fågeln lyfter ur björken. Någonstans längre in bland träden kanske jag väntar på mig. Det är underligt. Mina steg, jag hör mig gå.

Vem är det som lagt ut de släta, stilla timmarna här? Snötimmarna. Ändlöst vita vidder. Tror jag verkligen att mina steg kan äta tiden? Eller korsa den? Eller hinna upp den? Ibland tänker jag att tiden kan överge timmarna. Bara lämna dem där, tomma fröskal. Och att en människa kan sitta fången i en sådan timme som tiden övergett.

Jag har lovat mig själv att försöka berätta. Jag har redan berättat ett minne, morgonen i snön. Men det visar sig hela tiden att berättelserna är för många. Och jag får för mig att ingen berättelse är sann om jag inte berättar alla. Men dalgångarna är väldiga här. Ropen smulas sönder i dem. Irrar sig in under granhängena. Allting är avlägset. Smärtan. Berättelserna. Jag. Vem är det som bor här? Vems väldiga, ohörbara rop är det som fyller allting? Jätten Ingen har stora rum att vistas i, mycket luft, mycket ljus ikring sig. Mina rum är sprängda. Det skrämmer mig inte att Ingen har så stark röst. Det är långt borta. Tystnaden är av malm. Och kölden står käpprak i den. Dalgångarna här befolkas bara av himlaskuggor. De stryker försiktigt med handen över granfällen. Och det är en sorts förlåtelse. För allting, för livet. Som att stryka skulden ur ett ansikte. Som att bli ett barn. Stryka tyngden av år ur ett ansikte. Så smeker molnskuggorna över skogen. Och så vet jag att jag har kommit rätt. Jag har kommit till ett land som vidrörs, av händer kanske.

Bergen är stränga. På så vis liknar de förlåtelsen. Hur man än närmar sig är de lika avlägsna. Och nära. Ibland sjunker de undan för en, försvinner utan att förklara. Sedan tornar de upp sig framför en igen, större än innan. De kommer inte när man ropar. De hör inte bön. De är på ett annat sätt. Jag håller på att lära mig. Inte ropa, be, beveka. Bara tyst invänta svaret. Beträda hopplösheten som om den bar. Mirakel är så tysta. Som tunn, tunn is.

Egentligen var det enkelt. Det var bara att göra som Knövel ville. Inna hade lärt sig. Gjorde hon bara det gick det fort över. I övrigt gällde det att hålla sig undan, osynlig, sysselsatt.

Hon gjorde som han ville. Hon kunde få det att verka som om hon ville det själv. Så att hon också själv trodde att det var så. Som att hon längtade efter Laga, käppen som Knövel brukade. Att Laga var en lättnad. Att då var det snart över.

Hon kunde läsa sin fars ansikte. Varje ryckning i muskler och nerver kunde hon tyda. Det var en viktigare kunskap för Inna än att läsa bokstäver och ord. Och hon drack kunskap. Hon missade inte en blick, inte en rynka. Knövel skulle ha blivit rädd, om han känt sig själv lika väl.

De bodde uppe i Nattmyrberg. De levde ensamma där sedan Hilma, Innas mor, dött ifrån dem. Det var många år sedan. Inna var en vuxen kvinna nu. Men det hade ingen talat om för henne.

Nattmyrberg var ett väglöst kronotorp, ett enstakaställe. Två stigar slingrade sig dit, en för vinter- och en för sommarbruk. Men ingen kom där förbi, utom möjligen lapparna om våren. Fast det var bara vissa år, när vanliga flyttvägen inte gick att använda. Nödår gick renen över Nattmyrberg, år när det låg som en isskorpa över marken och renen inte kunde gräva. Då fällde lapparna lavrika granar kring enstakatorpet, gamla halvtorra granar nästan utan barr, men med långa, grå lavskägg. De åren fick Inna koka kaffe och gröt åt renskötarna under någon vecka eller två och lyssna till allt de hade att berätta. Hon rörde sig ovant i deras blickfång, kände knappt igen sig själv de gångerna.

Hilma hade lämnat dem åt varandra, Inna och Knövel. Det var en vinter, en av alla vintrar. Hon hade försvunnit allt längre in under fällarna. Det var som om sängen långsamt åt henne. Och det blekgula skinnet spände och stramade över benen i ansiktet.

Inna gjorde vad hon kunde för att sköta henne. Hon trodde inte att en mamma kunde dö. In i det sista trodde hon att modern ändå en dag skulle resa sig ur sängen, fatta de urdiskade hinkarna och med dottern i sällskap ge sig ut i lagårn och mjölka. De hade alltid haft det fint tillsammans när Hilma mjölkade och Inna mockade och strödde. Då hade modern berättat. Det hade inte spelat särskilt stor roll vad hon berättade, allt fick liv och allt blev hanterligt i Hilmas mun. Det gick att skratta åt saker. Till och med åt Knövel gick det att skratta. Medan kalvarna drack av den skummade mjölken berättade Hilma om sina första möten med fadern. Det var på den tiden han hetat Erik, innan han fick trädet över sig. Han kom från Örsjön, närmare kusten, Hilma ifrån fjällen. De hade mötts i Hohaj i en by ett par mil bort. Han flottade timmer i Örån den sommaren och hon hade tjänst på en gård i byn.

Moderns berättelser var som en stor målning det bara var att kliva in i. Därinne fick livet sina rätta proportioner, allt kunde vidröras och genom mörkret drog som ett stråk av gott ljus. Allt därinne var försonat, förlåtet. Man kunde skratta åt det, inte elakt men lätt, lättat.

Inna bad henne ofta upprepa samma historier. Efter de första orden var hon ombord, nu förflyttade de sig genom landet modern manade fram, människor som Inna aldrig mött i verkliga livet kom till tals och levde upp, moderns alla syskon, morföräldrarna, folk på gårdarna där hon arbetat – och så denne Erik som nedstörtats och blivit Knövel.

Den första tiden modern låg sjuk hände det fortfarande att hon berättade. Men efter en tid kom något i hennes blick som inte funnits där förut. En ond, kantig bitterhet, tonfall som ströp alla skratt och fick orden att vissna. Någonting växte sig starkare hos modern de sista månaderna, något som inte lät sig försonas, som vägrade att förlåta. Då var berättelserna redan borta sedan länge. En vass, främmande blick grävde sig fram ur de nötbruna ögonen, läpparna blev tunna och munnen bara ett litet, litet o. Inna satt på sängkanten och såg på sin mor. Värmen hon tidigare spritt omkring sig hade förbytts i en kornig kyla som spred sig och fyllde hela stugan med ett nytt, skrämmande gråljus. Inna kunde inte skydda sig mot det eftersom det var modern som spred det. Modern vars närhet hon livnärt sig av så länge hon funnits. Nu drack hon den gråa kylan, hon fylldes av den som hon tidigare fyllts av ljuset i mammans historier. Hon var skyddslös. Hon satt som fjättrad hos den sjuka och väntade på att livsvärmen skulle lysa ur ögonen igen, läpparna svälla, munnen öppna sig. Hon satt och inväntade tålmodigt miraklet. Och miraklet kom aldrig. Bara ett il, så snabbt att det inte kunde hållas kvar, for över moderns blick i ögonblicket när hon dog. Då lyfte hon lite på det magra huvudet som om hon såg något, inte Inna, inte någonting som Inna kunde se, nej, något annat, och blicken fylldes med liv igen, med fullhet, ögonen hade tänts till. Sedan var det ingenting i dem. Hon sjönk ned på kudden och var borta, det öppnades upp ett avstånd som Inna aldrig tidigare kunnat föreställa sig, ett svalg av grå köld och mörker.

När Knövel kom in slöt han Hilmas ögon. Han sa åt dottern att värma vatten och tvätta den döda. Och det gjorde Inna. De blåsvarta benen, skinkorna som mest var sår, de tunna hudlapparna som varit bröst, händerna, det främmande ansiktet. Sedan lyfte de över henne i kistan. Inna ville ta på henne ett linne först, men fadern sa, att nu behövde hon inga kläder mer, nu kunde hon inte frysa. Dessutom hade han bäddat med halm på kistbotten, fast att det egentligen var onödigt.

Att hon inte förmått sig att tvätta i de fula såren, det plågade Inna sedan när det fanns tid att minnas och gå igenom. Hur hon undvikit det upplösta, hudlösa. Hur hon äcklats. Hur hon äcklats.

Men för Knövel var såren bara hård skorpa.

– Jaha, sa han när modern låg ute i vedbon. Nu är det du som är mor här på Nattmyrberg. Nu är det du som är Hilma.

Han ville inte tåla fler förluster. Ett människoliv kan bara slås sönder en gång. Sedan är det gjort. Sedan är det sönder. Det enda som återstår är att bevara det som är. Inga nya gåvor, inga nya förluster; också det förödda är en känslig balansakt. Och Knövel hade inrättat sig i sitt förödda liv, han kände igen sig där. Den buktande, värkande, vanställda ryggen, Hilma, Inna, enslingslivet på kronotorpet: ingenting hade blivit så som han en gång hade tänkt sig att det skulle bli. Nattmyrberg blev aldrig någon blomstrande by, som han trott på den tiden han hette Erik och ryggen var rak och Hilma ung. De var ganska många som började bryta mark däruppe. De var många som bröt stubbar och dikade myrmarker. Erik ägde redan då det största ursinnet, han gav sig inte när andra lagret stubbar dolde tredje lagret stubbar. Att myrarna visade sig bottenlösa förvånade honom inte ens då. Redan innan granen av en vindil drevs att falla rätt över hans rygg, hade han betraktat livet mer som fiende än som gåta. Därför hade han aldrig frågat efter meningen med livet. Han visste. Det ville åt honom. Och med puckeln krängande ur hans rygg fick han beviset. Att nu Hilma låg i en kista ute i kylan innebar kanske vissa förändringar för dottern, inte för honom.

Och Inna liksom vek ihop sig och vred sig ut och blev mamma och dotter åt sig själv. Fram på våren efter Hilmas död fyllde hon sexton år. Hon visste ingenting annat än att livet var exakt som det var. Det var ojämförligt. Det var givet och ogörligt ungefär som årstider, oväder, vårförfall. Ibland regnade det över höet redan innan det var hässjat, ibland frös potatisen före blomningen. Och det var Knövel och det var hon. Hilma kom inte tillbaka, det var det nya hon lärde sig först. Hon kom inte tillbaka i någon skepnad. Och till sist upptäckte Inna hur enkelt det var. Att hon gjorde som Knövel ville, bara gjorde. Då var det inte farligt längre. Det kunde göra ont, det kunde äckla henne, det kunde vara obegripligt. Men hon hade upptäckt ett sätt att överlämna allt, att lämna ifrån sig.

Fadern hade alltid slagit henne, så länge hon kunde minnas, med det var det ingenting nytt. Det hade funnits flera käppar, alla med namn på L, Lisa, Lotta, Lina. Nu var det Laga, Knövel måtte ha valt den med omsorg, den var obrytbar. Han förvarade den i ett hörn i kallfarstun, Inna fick själv hämta den.

– Laga! kunde han vråla. Då var hon redan ute i vrån, det stack i hela hennes kropp av något som hon inte visste vad det var, handen fattade runt det glatta träet, det gällde att skynda för Knövel hade bråttom och raseriet växte alltid som värst den stunden han fick vänta. Så stod hon framför honom, hon visste att vad som nu skulle ske var något egentligen omöjligt, ändå skedde det gång efter gång som om det ändå var möjligt. Knövels ansikte i upplösning, ofta skrek han saker, men hon hörde inte vad det var utan gav honom Laga, drog fram en pall, drog upp kjolen och la sig över pallen. När slagen började falla tyckte hon nästan att det redan var över. Det var det andra som var svårast: hämta Laga i vrån, stå framför det upplösta vanvettiga ansiktet, känna den kalla luften mot huden. Nu föll slagen över henne och smärtan var så skarp och orimlig att den liksom förde henne bort därifrån, bort från pallen, från Knövel, från Inna.

När slagen upphört var det bara Knövels flämtningar som hördes. Hon återvände in i det omöjliga som nu åter skett, som inte kunde ske, luften var eldslågor som slickade henne och det där stickandet kom tillbaka, fast starkare nu, förenat med smärtan efter slagen.

– Res dig! röt han. Eller: vill du ha mer? Eller: ge dig iväg!

Det var tecknet, det var signalen, hon kravlade ner och fick kjolen till skydd, ofta kröp hon undan som ett djur på alla fyra, bort i ett hörn, in någonstans. Ibland sparkade han henne där hon for över golvet. Men han ställde iallafall alltid själv tillbaka Laga i sin vrå i kallfarstun. Inna registrerade ljudet. Mot golv, mot vägg. Hon hade lärt sig hur det lät när hon bara nådde honom över låren. Att nu var det över. Nu väntade Laga eller Lisa eller Lotta på nästa gång.

Knövel rörde sig lätt i sidled. Det var skadan. Som en siluett genom rummet. Det nya sedan Hilma dött var att han kunde komma till henne där hon låg undankrupen efter pryglet.

– Är du lydig nu? frågade han.

– Ja. Måste hon svara. Det gick fortast så, om hon blottade strupen.

Hon fick ställa i ordning sängen antingen det var förmiddag eller mjölkdags. Och krypa ned i fällen som inte var hennes, i Knövelsfällen. Det var hans lukt. Han kröp ned intill och tog hennes hand i sin envetna, hårda. Tvang den in mellan hans lår, in i hans mjuka, obegripliga sköte. Hela tiden höll han hennes hand i sin och tvingade den att göra saker, röra vid saker. Och hon överlät sin hand, hon hade lärt sig det, den var inte hennes mer, den gjorde saker hon inte visste något om. Hon hade lärt sig ett sätt att lösa upp sig. Ofta var det varmt och lite vått därnere, men enstaka gånger blev det hårt, det växte i hennes hand och han blev hetsig, liksom rasande. Då skulle han in i henne, under kjolen, in i hennes underliv – och det var bråttom, bråttom. Hon brottades med hans andedräkt, försökte vrida sitt huvud för att komma undan, brottades mot hans kropp som stötte och stred uppepå henne. När han föll ihop över henne till slut, hatade hon inte, nej, hon hatade honom inte längre. Hon kände bara lättnad, en känsla av befrielse fyllde henne. Att nu var det över. Att hon skulle ta sig upp ur det. Upp ur dyngpölen, upp ur surflarken som så nära svalt henne. Nej, hon kunde inte hata. Hon kunde bara invänta att det var över, som ett oväder. Och till slut var det alltid över, varje gång.

Det var inte alla gånger Knövel kom och ville åt henne sedan han slagit henne. Det var oberäkneligt. Ibland måste hon krypa ned hos honom utan förspelet med Laga. Inna kunde inte hitta något mönster. När Hilma levde hade det varit enklare. Modern protesterade sällan när Knövel slog. Hon lät det ske. Det var som det skulle, förstod Inna. Om hon var bångstyrig hade Hilma rentav hjälpt till. Men någon annan närhet till Knövel hade hon inte behövt pröva på. Det hade bara varit det tvånget och ingenting annat. Nu var det munnen också, andedräkten, handen som skulle göra saker, hans händer överallt på hennes kropp och så det när han blev hård och skulle in i hennes liv och stöta. Inna måste lösa upp sig mer och mer för att inte gå sönder, för att inte brista ut i en förvirring och fasa som inget kunde råda över. Hon måste göra om sig för att passa in i den nya, nyckfulla ordningen. Att nu var hon både Hilma och Inna. Och Hilma kom inte tillbaka. Hon var borta, på varje upptänkligt sätt var hon borta. Hilma som hon måste vara nu fanns inte. Och Inna. Och Inna?

Aron blev kvar i gården hos Helga och Salomon.

Medan det ännu var vinterföre arbetade han med Salomon i skogen. Det var på hemmanets egna skiften och de högg både ved och en del sågtimmer. De körde med häst. En stor ljushyllt varelse som hette Balder. På de avlägsna öar där Aron vuxit upp hade det inte funnits någon skog, men hästar hade han levt med hela sin barndom. Balder kunde vara både yster och egensinnig ibland och Salomon insåg snart att Aron hade betydligt bättre hand med honom än han själv. Han fick hingsten att lägga in sina våldsamma krafter i körningen i stället för i krumsprång och egensinnigheter. Det var en fröjd att se den till synes så blide och lågmälde Aron få bukt med allt det vildsinne som levde om i Balder, Aron behövde varken höja rösten eller bruka våld. Han måtte utstråla någonting, tänkte Salomon. Det var en underlig karl.

Snön hade börjat falla ur träden i blöta sjok. Fåglarna slog sig ned på de nakna grenarna och skrek, medan solen, allt mäktigare, rullade över himlen. Våren gjorde ont. Allt var lössläppt: vatten, fågelrop och ett vanvettigt ljus som ville in i tingen, in i kropparna, in i ögonhålornas röda dunkel – som ville det inifrån spränga sönder och genomtränga världen. Hohajs byar låg alla högt upp efter bergssidorna. Nu hördes vattnet röra sig inunder snötäcket, det risslade och prasslade därnere; soliga dagar kunde marken sätta sig under en, sjunka ihop med en suck. Det var som små jordbävningar i den metertjocka snön, sprickor bildades, människor, hästar, vedlass miste balansen, man fick en skrämmande känsla av att förlora marken under fötterna, av att snön ville svälja en.

Aron hade gripits av en inre oro, trots att han funnit som ett hem åt sig – och människor som ville dela hans ensamhet. De hade tagit emot honom, här i gården, utan att fråga, utan misstänksamhet. Allt det outsagda han bar med sig, lät de finnas. De misstrodde inte hans gåtfullhet, försökte inte spetta upp hans tystnad. Men nu när hans yttre liv var stilla och han kommit fram, som han föreställt sig, kom den inre oron. Bilderna där inne som måste sparas åt ensamheten, liksom alla de band och trådar som fäste samman dessa bilder med hans liv. Hans ensamhet måste vara så stor och nu kände han hur han irrade runt i den, rastlös, vilsen. Många gånger blev det svårt för honom att alls säga något. Det han inte kunde dela med någon människa kom och ställde sig i vägen för det som kunde delas. Då uppslukades han av sitt eget tigande.

Och så var det detta ljus. I det bodde som en rivande längtan, en längtan som inte visste vart den ville. Aron hade aldrig upplevt ett ljus som här. Våren, som i dessa trakter var snötäckt, stod och stampade i ljus. Inte ens nätterna var skyddade. Då trängde ljuset bakifrån in i natthimlen och förvandlade den till en blånande ädelsten.

Om söndagseftermiddagarna kom ofta barnen upp till Aron i hans kammare för att titta på snäckorna han hade. Inlindad i ett stycke mjukt tyg förvarade han också en torkad sjöhäst. Den tröttnade de aldrig att fingra och titta på. Det lilla vackra huvudet och den egendomliga kroppen och så att den var så liten och torr och taggig –. De tog med andra barn från byn och bad att få titta på sjöhästen och allihop förstod de, när de såg den, att allt var möjligt; sjöjungfrur, småfolk, vittra och drakar. Den lilla blekvita sjöhästen gick ur hand i hand.

– Försiktigt, sa Aron. Ta det försiktigt.

När han fick lust berättade han om målade och utstyrda elefanter som drog timmerlass och om vatten som kokade och skars i strimlor av evigt omättliga hajar. Barnen sörplade i sig av hans historier och ville ha mer. Och allt större och äldre blev barnen som kom och till sist drevs även de vuxna i byn upp till Arons kammare för att få se det märkliga han förvarade där. Aron berättade på sitt egenartade språk om männen vid Arabiska sjön som gick nakna sånär som på ett bälte runt midjan och ett litet läderfodral för lemmen och om kvinnor som skred fram som gudinnor med krukor balanserande på huvudet och brösten bara.

Folk hade nog trott att han bara hittade på, att han läst alltsammans i böckerna han hade – ja, han hade ju böcker också och de var inte skrivna på svenska ens; de hade inte trott honom, om det inte varit för sjöhästen. Om barnen blev lyckliga av att se den, av att försiktigt låta den vila i handflatan, blev de vuxna oftare obehagliga till mods. Världen blev plötsligt för stor. De ville ju tro sig känna världen, veta vilken slags ordning som rådde. Den lilla sjöhästen och alla underliga berättelser som huserade uppe i kammaren hos Aron gjorde världen osäker. Och även om det inte fanns mycket annat än gott att säga om inhysingen hos Helga och Salomon – han var ju både gudfruktig och stillsam av sig – så var det något otäckt med hur han talade, och namnet, det förstod ju alla att det inte var hans rätta, det hade han ju nästan tillstått själv. Och om sig själv berättade han aldrig.

– Aron bor här hos oss. Han är en del av hushållet, klippte Salomon av alla försök till resonemang. Och dessutom, inte fasen vet vi vars ungarna kommer ifrån heller, när de föds!

– Jag begriper inte vad ni pratar, fräste Helga. Men han är väl för god för er, förstås.

En dag följde Aron med en grannbonde in till Racksele och köpte en kamin, en vacker, rund liten pjäs med kokplatta överst. Skorstensmuren gick genom kammaren där han bodde, så det var ganska enkelt att mura in den. Ett par kvällar senare, när det brann gott innanför luckan och värmen börjat på att sprida sig i det lilla rummet, bjöd han upp husfolket till sig.

Först kom Salomon, bärande på gubben, uppför trappstegen, efter kom barnen och sist Helga. De trängde ihop sig på sängen och lite varstans därinne. Aron lät dragluckan stå vidöppen så att eldskenet fick fara i rummet. Ett litet krucifix med en svartnad kristusgestalt i järn hängde över sängens kortända. På bordet låg några böcker och en tidskrift. De satt tysta. Helga lät minsta ungen suga tissen. Kaminens brummande och plötsliga, hårda knäppningar blandade sig med barnets sömniga smackningar och de orkeslösa, torra hostningarna från gubben. Ute föll blötsnön i täta små flingor; vårsnön som skulle fara bort med vintersnön, som folk brukade säga till tröst åt varandra.

Aron makade in några pinnar till. Man kunde höra mjölken porla i Helgas bröst.

– Det var en grann kamin det där, sa Salomon.

Aron nickade.

– En verkligt bra sak, fyllde Helga i, energiskt. Hon hade länge pratat om att de borde mura in en järnspis, de hade bara öppna härden än. Men Salomon stretade emot. Han tyckte inte att man skulle stänga elden inne. Var skulle man då få ljus ifrån de långa kvällarna?

– Ja, hon känns nästan som ett sällskap, som man skulle kunna tala vid henne.

Aron som satt på en kubbe alldeles intill kaminen och mest suttit och stirrat in i glöden, vände nu ansiktet mot de andra. Han fick syn på barnen som satt bakom honom på golvet.

– Nej men, jag har ju karameller –!

Han tog fram en strut ur fickan och lämnade den till det äldsta av barnen, en flicka.

– Den var till er. Ät så mycket ni vill.

Han drog fram ännu en strut, en lite mindre.

– Jag köpte en åt oss också. Jag tänkte gamlefar ville ha något sött i munnen.

Han skickade runt den mindre struten en vända och räckte den sedan åt gubben.

Salomon lutade sig lite närmare Aron.

– Ja, det har ju gått bra med körningen, inget mankemank. Och nu har du murat in en kamin åt dig –. Man kan nästan börja fundera på om du tänker stanna här hos oss.

En lätt ryckning for genom Aron.

– Ja, om ni inte vill bli av med mig –

– Ha! Salomon skrattade till. Det tror du väl inte?

– Nej, det gör jag inte.

– Fast särskilt mycket om dig själv har du inte berättat, fortsatte Salomon.

Det blev tyst en stund.

– Jag kan inte göra på annat sätt, sa Aron slutligen.

– Men gömmer du dig för någon?

– Jag har flytt, Salomon, för länge sedan.

– Du behöver inte säga mera, sa Helga bortifrån sängen. Du ska inte fråga mer, Salomon.

– Nej, jag tänkte inte det. Men folk, de pratar på –

– Hade Aron varit en oärlig människa hade han ljugit ihop en bra historia.

– Och hunna sen! utbrast gubben med sin pipiga röst.

– Ja, du begriper visst ingenting du längre, pappa, mumlade Salomon. Han knackade ur sin pipa i dragluckan och log lite mot Aron.

– Du hade tur. Jag menar, som hamna hos så bra folk som oss!

Aron skrattade ett litet lågt skratt.

– Jag hade visst det.

Det blev inte så mycket mer sagt den kvällen och såsmåningom tog sig gästerna ned för trappstegen igen. Aron blev länge stående i fönstret.

På natten sedan hade han en dröm som han mindes nästa dag. Ett skepp han aldrig tidigare klarat av att segla, gled nu hastigt ut på havet i en stark, drivande vind. Först efter ett tag upptäckte han att det med våldsam fart seglade genom snön ute på en ändlös myr där enstaka, krumväxta smågranar spretade stelt i blåsten. Och han såg hur det gick vågor på myren, höga, rykande vågor av snö yrde över honom där han stod vid rodret. Han var underligt nog inte alls rädd i drömmen, fast att han var ensam ombord. Bara så förundrad.

Men solen tärde på snön. Kring träden låg marken bar i en cirkel som långsamt växte ut från stammen och blev vidare. I mitten av maj drog lapparna genom byn på sista nattskaren, på väg med sina renar mot kalvningslandet inåt fjällen. De inkvarterades för några nätter här och var i gårdarna, utom där de var ovälkomna. Att många av hemmanen i trakten i själva verket var insynade lappskatteland, hade folk lyckats glömma. Ändå låg det bara en generation bort, att skogssamernas skatteland ogiltigförklarats av Racksele kommunmän. De flesta skogslapparna drevs då iväg – eller granlappar, som de också kallades – men några lyckades insyna sina marker som hemman och fick bli "nybyggare", precis som de svenskar och finnar som kom och lade renlanden under plogen.

Hos Salomon och Helga bodde en lappgubbe och hans fullvuxna son ett par nätter. Aron bytte till sig ett vackert spänne i silver för ett snäckhalsband och lite pengar. Det var ett kvinnosmycke och han visste egentligen inte vad han ville med det. Men kanske kunde han ge det åt Helga någon gång, tänkte han.

När snösmältningen såsmåningom gjort slut på timmerkörningen, blev det tal om vad Aron skulle syssla med under barmarkstiden. Man var nu inne i förfallet och Aron hade fullt upp med att såga och klyva kommande vinters vedförråd, medan Salomon reparerade fähustaket. Men sedan. Aron som var ny på trakten, visste ju knappt vad som fanns att göra, och när hans husfolk började tala om "hästgetning" förstod han först inte vad som menades. Fast till slut begrep han. Geta hästar var att valla hästarna i byn som sommartid togs till beten långt bort. Får och getter och även kor getades av barn, men hästarna måste vallas av en väl betrodd man. Att låta kvinnor sköta hästar var lika olyckligt som att låta karlar mjölka. Sådan var världsordningen i Hohaj, fick Aron veta. Och nu var frågan: kunde han tänka sig att geta Krokmyrs och Spettlidens hästar över sommaren?

– För min del kan jag inte tänka mig en bättre sommar än att gå på skogen med hästarna, hade Aron efter en tids funderingar slutligen svarat Salomon.

– Jo, jag tänkte ju det, sa Salomon nöjt. Att det skulle passa en människa som dig.

Nej, Aron kunde knappast föreställa sig en lämpligare syssla. Men först måste byamännen i de två byarna samråda om saken. Hästarna var ju värdefulla och Aron en främling. Ingenting kunde man egentligen veta om den mannen, och underligt talade han.

Aron kallades att vara med på samrådet och han svarade villigt och vänligt på alla de mer eller mindre misstänksamma frågorna. Men när en av byamännen vågade sig på att rent ut fråga vem han egentligen var och varifrån han kom, svarade Aron enligt det bevarade protokollet:

– Om än andras ursprung och hemort kan spåras, så varifrån jag kommer, det skall ingen få veta.

Nu blev det oerhört tyst mellan männen. Salomon hade ju hört de där orden förut och hade sedan länge beslutat att han inte behövde veta så mycket mer om sin inhysing än det han kunde se. Men de andra karlarna blev liksom hejdade i en tystnad som varade plågsamt länge.

– Och det där säger du bara rätt ut så där, sa småningom en av dem.

– Ja, jag gör det, sa Aron. Så är det sagt.

Ingen ville direkt sitta och stirra på honom, men alla gjorde det likafullt. Vänstra ögonlocket som hängde lite grann över ögat. Nu såg alla att det ryckte lätt i det. De små fina strecken överallt i det annars unga ansiktet. Och ögonen som var ljusblå och lysande, så att man nästan såg att han växt upp vid havet någonstans. Aron lät dem titta. Hade han inte själv satt igång den här leken? Och vilken sorts människa var han verkligen, som trodde sig kunna fly från sitt eget liv? Man kunde inte se det utanpå, hur han led. Han såg sorgsen ut, men sådan var hans uppsyn.

– Men jag kan ju berätta för er att jag skött om hästar ända sedan jag var barn –, sa Aron och avbröt deras stirrande. Det har alltid sagts om mig, att jag har god hand med hästar.

– Ja, inte tror jag hästarna bryr sig om att det är en främling som går med dem! sa en av spettlidmännen med ett försök till skratt.

– Nä, nä, inföll flera lite osäkert. De måste ju komma till beslut någon gång och helst ville de nog bli ledda dit.

– Om Aron rymmer med hästkrakarna eller låter dem gå ned sig i Storfatmyran allihop, så lovar jag att rusta er nya hästar, varendaste en, deklarerade Salomon storslaget. Och det kan ni jävlar i det ta till protokollet också!

Han dunkade näven i bordet med ett flin och tittade skälmaktigt på Aron.

– Ja, Salomon har ju aldrig varit riktigt klok, sa en halvbror åt Helga som hette Rubert och som var full av agg mot det mesta.

Men byäldsten harklade sig.

– Jaha. Sa han. Vi får väl göra upp om kontrakt då,

när nu Salomon var så storstilad. Han har väl fått anbud av bolagen förstås om storskogarna han har bortåt Vällingmyran!

Alla fnissade.

– Nä, de som skulle stämpla gick ner sig, svarade Salomon rappt, innan Rubert eller någon annan hann öppna mun.

Kontraktet sattes upp. Det var ett långt och ingående dokument där Aron lovade att öva noggrann tillsyn och vård över alla honom anförtrodda Djur, samt även tillse att de inte åstadkom skada på slåttern. Förutom ost, smör och mjölk, skulle han få en lön på 625 kronor efter den tjugonde september, då hästarna skulle tas hem. Aron undertecknade kontraktet och tittade upp på de häpna männen. Han var den förste hästgetare de anlitat, som inte ritat bomärke i namns ställe.

– Ja, akta er gubbar, så han inte lär hästarna och skriva också! utbrast Salomon glatt och reste sig upp.

Mötet var slut. Aron var hästgetare åt Krokmyrs och Spettlidens hästar och ute blåste en kall vind över den trötta snön.

Han skulle hålla sig norr om byn, hade det sagts, på skiftena mellan Doliabäckmyran och Viskaberg. Den enda byn inom räckhåll för hästarna var Spettliden, så det skulle nog inte bli svårt att hålla dem borta från slåttermarken. Värre var det att vakta dem från att gå ned sig på de stora myrarna. Det var så i Hohaj, att all mark som inte var berg, var myr. Och ändå fanns det myrar också i bergen. Myrarna sträckte sig i mil på mil mellan fjällklunsarna, släta som salsgolv en del, trädlösa en del. Aron satt och försökte rita av en karta han fått låna av handlaren. Vilka namn det fanns! Allt i den måttlösa, människotomma ödemarken tycktes namngivet, varje myr, varje liten tjärn, varje lid och bäck och koja. Det förbryllande var bara att skogarna var namnlösa, ingenstans kunde Aron hitta ett namn på -skog, medan allt i markerna som inte var skog, var namngivet. Långvägbäcken. Tröstlösmyran. Hundbergskojan. Inre Doliasjön.

Mitt emellan Nattmyran och Bumyran fanns ett berg som hette Nattmyrberget med en sjö nedanför som hette Saddijaur. Och där, upptäckte Aron, där på bergsluttningen ned mot sjön var ett boställe utmärkt. "Kronotorp" stod det, och så markeringen för hus. Det fanns ju många enstakatorp ute på skogen, men det här låg så ensligt till att Aron hade svårt att tro att någon verkligen kunde bo där. Ingen hade heller nämnt om namnet, vad han kunde minnas, fast det låg ganska nära där han skulle hållas med hästgetningen. Nattmyrberg. Kanske var det ett ödeställe.

När jag var liten läste min mamma aftonbön med mig, det gjorde man på den tiden, det var godnattsagan. Gud som haver barnen kär. Se till mig som liten är. Vart jag mig i världen vänder. Står min lycka i Guds händer. Lyckan kommer. Lyckan går. Den Gud älskar. Lyckan får.

Orden, i synnerhet de fem sista, göts in i mig. Jag visste, att så var det: den Gud älskar lyckan får. Man skulle ställa sig in hos Gud, man skulle bli Guds lilla favoritbarn. För då skulle Gud rulla Lyckan till en som en stor, underbar boll. De andra, de av Gud oälskade, de fick Olyckan, ett stort, svart klot av järn. Det var de fula, de otursamma, de med fnasiga händer. Jag insöp med aftonbönen hur Lyckan är tecknet på ens panna, tecknet att man är ett älskat barn. Och jag undrar hur högt pris jag egentligen betalt, för att vara det.

Givetvis hade jag missförstått bönen. Det gjorde alla. Missförståndet stämde så bra, det fanns redan i blodet i oss. Att Olyckan är ett straff, att den är Guds vrede och hat, utgjutna över oss. Domen över ett liv. Å jag fryser. Jag vill överlämna mig. Här. Nu. På nåd och onåd. Överlämna mig åt skyddslösheten där vi alla är ombord; skeppet av skyddslöshet som kommer lastat.

Bergen håller sina tunga gamla ögon fästa på mig. De ligger som stora djur i landskapet. Man kan få för sig att de väntar på något. Men det gör de ju inte. De är. De bara är. Gömda därinne i sitt inre, samlade i sina avlagringar, visar de på allt vad tid inte är. Minneslagren inne i stenen; nedisningar, landhöjningar. Som glömska och minne i ett och samma famntag, i samma tunga, djupa omfamning, samma hävning. Bergen bor inte i tiden men i minnet och i de minnets dalgångar som kallas glömska.

En liten rad i bönen lever vidare, fortsätter att gå med mig, i steg och andetag: se till mig som liten är. Se till mig som liten är. Se till mig som... Det är en bräcklighet som jag vill lära mig, något som jag inte får stjäla öga eller öra eller känsel från, något som är annorlunda. Kanske vill jag att bergen lär mig sin tålighet, sin starka viljelöshet, sin underliga sömn. Det känns som om jag drivits ut i vall här, drivits ut att driva vilsenheten i vall. Jag går och tänker på pilgrimer, berättelser om ryska pilgrimer som jag läst. Och Kristin Lavransdotter. Numera vallfärdar människor med buss. De vill bara komma i mål. De gamla pilgrimerna bröt upp ur sina liv. De vandrade i månader och år, en del kom aldrig tillbaka. De mötte varandra på de ändlösa vägarna, de visste att de alla var ute och drev själen i vall; oron, skulden, all livets obärbarhet.

Här är jag den enda pilgrimen. Hohaj är tomt. Kanske är det någons sömn. En uråldrig, drömlik sömn. I så fall vill jag upptas i den sömnen. Som en vattendroppe lyfts upp och in i ett moln.

Jag gick in genom den där dörren. Då. För länge sedan. Jag lämnade ropet som väckts i mig ute i snön och gick in genom dörren som för ett ögonblick tyckts så liten och egendomligt betydelselös. Jag gick in till barnen, till mitt liv. Och vi lämnade snart det lilla huset, vi flyttade till andra hus, vi hade mycket att göra. Tålmodigt byggde vi en värld det skulle gå att leva i. Ropet som jag känt inne i mig den där morgonen levde som ett avtryck i mig, en tom plats, ett blåsigt hålrum.

Jag var stark. Jag var ursinnigt stark. Men styrkan hade inte med mig att göra. Den var inte jag, den var vilja: ett djur som jag hyste i mig. Ett djur med blank och spänstig päls, med muskulösa tassar, stora, trimmade tänder. Viljan. Ett muskeldjur. Starkare än jag. Den har jag fött upp med mitt liv. Och den kräver mycket näring, mycket material eftersom betämmelsen den har är att ta form, ge form; att bygga.

Ingenting försvagar en människa så som styrkan. Till slut var jag så stark att jag liknade ett urätet skal. Ett förbenat hölje åt viljan.

Jag lämnade bilen vid vägen, vid ett sådant där P. Det var inte meningen. Jag hade bara gått ut för att titta på utsikten, sträcka på benen. Ett ärende hade fört mig upp till Racksele igen. På vägen hem kom jag att köra genom Hohaj. Vi hade en dröm ihop, du och jag. Det var det här landskapet. Det hade rört vid något i oss. Väckt upp något som legat i sömn. En längtan.

Jag stängde inte ens av bilradion. Jag tänkte inte. Det var inte på det sättet. Jag bara återfann mig själv långt ute i snön, långt från vägen. Att jag gick där. Och jag visste redan då att gränser passerats, skarpa, välbevakade gränser. Att en väg som inte fanns plötsligt öppnats och släppt mig igenom.

Ropet stötte hårt i mig nu, stötte i ärret, i hålrummet. Det hade vaknat till liv. Det hade fört mig ut. Jag hade gett mig ut i vårt land med din frånvaro alldeles intill mig, så stark med ens, att den när som helst skulle kunna ta gestalt. Du kunde blomma upp här, i snön: en stormhatt, en tolta, en trolldruva – lika högrest, lika ofattbar.

Jag tänker att det är en pilgrimsvandring. Och har den ett mål, så känner jag inte till det. Om det är en källa, några helgonaben eller en plats för uppenbarelser. Jag helgar målet med min vandring, med insikten att de tomma rummen har en röst, att de är befolkade.

Hohaj tillhör ingen, ingår ingenstans i den tänkta världens ordning. Jag tror det var därför människorna övergav det. När vägarna byggdes in hit, in till byarna och dem som levde här. Befolkningen rann bort efter dem, by efter by dränerades och tömdes, det var som en vårflod som drog med sig allt löst och flyttbart.

Ingen kommer att hitta mig här. Allting är så stort och stilla att man suddas ut. Bilden bär en inte. Den tittar bort, in mot något annat.

Knövel behövde varken hoppas eller tvivla. Han skulle krossas, det var vad livet ville med honom. När granen för tjugo år sedan så olycksaligt föll rätt över honom, fick han sitt bevis. Han kunde sluta upp med att krusa livet. Det ville honom ont. Om det inte varit för all snön hade han säkert varit död. Då hade ryggen slagits av. Då hade han slagits till mos. Men den stora katten var på lekhumör, den ville inte krossa honom helt, den ville se honom röra sig lite. Nu trycktes han ned i lössnön när trädet föll över honom och fick ett par kotor krossade.

Efter olyckan låg han ett halvt år till sängs. Hilma hade vid samma tid fött ett barn som mirakulöst fortsatte att leva; de barn hon tidigare fått hade alla dött späda, en del redan inne i moderlivet. Det barn som nu levde var Inna. Och hon skrek natt och dag och tycktes rasa över livet. Hilma rände från mannen i soffan till barnet i vaggan. Knövel, som fortfarande hette Erik den här tiden, hade alltid tänkt om de dödfödda hon givit honom, att de varit som ett led i den fördömelse som drabbat honom och hans liv. Men den här levande och ursinniga lilla varelsen i vaggan tycktes honom nästan värre. Som om hon fått överleva enkom för att pina honom, där han låg sängbunden, med sina skrik, med sin hunger. Och stjäla honom på Hilmas omsorger.

På den här tiden kom fortfarande folk vandrande upp till Nattmyrberg för att hälsa på och för att hjälpa Hilma. Det var vinter och mest en fråga om att bära in ved och vatten, stilla och mjölka kreaturen och hålla undan snön. Till en början satt de en stund hos Erik också, för att prata lite och hjälpa honom fördriva timmarna. Men snart nog fick han bara ett Goddag och några korta ord slängda över sig. Folk iddes inte höra hans förbannelser. Att han låg och glödde av hat nere under fällarna, liksom svartnad. När halvåret gått till ända var det mest ingen alls som kom upp och såg till dem i Nattmyrberg. Det vart maj och Knövel och Inna prövade båda att lära sig gå, den lilla gurglande och jublande, fadern mera som i raseri.

– Undan med dig! röt han otåligt när han stapplade fram mellan möblerna och Inna kröp kring på golvet och ville resa sig upp mot hans ben.

Hilma fick störta fram och rädda flickan undan en spark. Hon kunde ju också få den ostadige fadern över sig, så som han fått granen.

– Sansa dig! mumlade hon med Inna i famnen. Hon är ju bara ett barn!

– Och jag då, är jag mer än en satans människa, tror du! Är jag inte bara en *krympling* kanske!?

Han slungade ur sig ordet krympling. Han pryglade sig själv med ordet. Det var som om han ville hämnas sig själv för något genom att ständigt använda det.

– En *krympling* kan inte tycka synd om sig själv, sa han, nästan med vällust i självföraktet.

I början av juni började Knövel gå ut. Isen hade smält på gårdsplanen, snön låg bara kvar där det var skugga. Han gick lite snett och en aning framåtböjd, men benen var starka igen och armarna kunde han bruka som förr. Men på hans rygg syntes tydligt som en knölighet och det dröjde inte särskilt länge förrän någon hade döpt honom till Knövel. Och det nya namnet spred sig snabbt. Han var ju ändå inte Erik längre. Visst hade Erik också varit bitsk och vresig av sig, men Knövel hade han inte varit, Knövel var ny, tyckte man; årsbarn med Inna; sin puckels bärare.

Till en början sa Hilma Knövel till honom bara när hon var arg och helst inte så att han hörde det. Men med tiden blev det aldrig något annat. Erik fanns inte kvar, han hade dött ute i skogen den där decemberdagen. Det var meningslöst att kalla på Erik när det bara var Knövel som svarade.

På lilla Inna växte allting som det skulle. Ben, fingrar, tänder, allt växte, så när som på håret. Det fanns när hon var två år fortfarande inte ett strå på hennes huvud. Där var glatt och runt och rött och mjukt, men inte minsta fjun. Hilma fick förslag från andra kvinnor och smorde med lite allt möjligt. Sedan sydde hon ett par hättor som Inna fick bära de första åren, sommar som vinter, dag som natt. Det såg ju kallt ut, att vara så oskyddad och hårlös på huvudet. Knövel trodde hårlösheten berodde på att hon skrikit så mycket i vaggan.

– Det finns inget hår som kan växa på en onge som gallskriker så där, påstod han. Hon vart ju alldeles skrynklig i huvet, håren fick väl aldrig tid att rota sig.

– Äsch, tyckte Hilma. Det där begriper du dig inte på.

När Inna snart skulle fylla tre, började det växa ut lite ljust fjunhår på den glatta hjässan. Och snart kunde alla se, att håret som kom var grått. Inom ett par månader var det rakt och tjockt och silvergrått. Och så förblev det. I skolan, de få gånger den hölls i närheten, kallades hon för Silver-Inna, och det lät ju vackert. Men det uttalades på ett sätt så att det blev fult. Hemma vande de sig. Hilma tyckte till och med att flickan var fin. Och Knövel tänkte, att det kunde ju vart värre. Han hade hört om barn som fötts enögda, med ett enda stort öga blinkande under hårfästet. Och andra missbildingar som hölls tjudrade och undangömda i fähusen. Det var nästan underligt att han inte fått en sån, när nu en unge ville leva. Men livet ville ju vara gäcksamt och oberäkneligt. Inte ens på olyckan fick man vara alldeles säker. Innas gråa hår var en antydan, en viskning ur det stora mörkret: tro inte att du vet, inbilla dig inte att du är herre i ditt hus. Det finns andra, mäktigare Herrar. Och silverhåriga flickebarn, det kanske roar dem.

Knövel kom att slita stora tussar ur det där silvret. Och Inna skrek. Samma vederstyggliga skrik. Då slog han henne tills hon blev tyst. Eller tills Hilma ingrep. Det gjorde hon när det gick för långt.

– Gå ut och däng opp kräka, ditt fanstyg! Nu är det nog!

Hon slet Inna ifrån honom och for upp i sängen med barnet, som bara var ett trassel av hicka och gråt och rasande sparkar.

– Ut med dig! vrålade hon. Eller jag har ihjäl dig på fläcken!

Knövel skulle aldrig ha erkänt det, men han var rädd för Hilma. Hon var stark, säkert lika stark som han. Men det var annat också. Värre. Hon kunde titta på honom så att det brände i skinnet. Han kom sig hastigt iväg från den blicken, illbränd, ut i fuset. Men han slog inte mer, svor inte ens åt de enfaldiga kräken därute, det bara stack och brände i hela honom så han måste krypa ihop djupt inne i höet och skyla sig och sova.

Det var så, att det krävdes en stark ordning för att Knövels värld skulle hållas samman. Hållfasta saker som kunde stå emot. Det var inte bara käpparna på L. Barnen som dött skulle alla ha hetat på I. Det hade varit Ivar, Ingeborg, Isak; det kunde ha blivit Inge, Iris, Ida. Han hade haft dem färdiga, som på lager, dessa barn som oftast bara blött sig ut ur Hilma långt innan de tagit form. På samma sätt fick kvigorna ute i lagårn namn på R, de fick heta Ria, Råma, Rosa, Regina. Det var en ordning bortom alla resonemang, en världsordning. Hilma hukade sig för den och Inna kunde inte föreställa sig en ko som inte hade namn på R.

Enligt Knövels ordning skulle också slåtterns första dag alltid infalla på Esaiasdagen, en bit in i juli månad. De första åren på Nattmyrberg, medan han ännu hette Erik, var Esaiasdagen mest som startskottet för slåttanna. Regnade det den dagen, väntade man till nästa. Men det var ändå på Esaias man började spana uppåt himlen med särskild iver, för att tyda tecknen som fanns uppritade där. Med Knövel blev det annorlunda. På Esaias skulle slåttern begynna antingen det regnade eller blåste eller mullrade av åska. Knövel vaknade särskilt tidigt de mornarna. Var vädret strålande blev han tystlåten och vaksam. Var det regnigt och grått blev han som ett retat djur och väckte svärande upp Hilma och Inna nästan mitt i natten.

– Slåttanna! skrek han spänt. Opp med er!

– Men för Guds skull –. Det öser ju ner! Och mitt i natten –, näe!

Hilma drog om sig fällen och vände honom ryggen.

– Begriper hon inte vad jag säger? Hon ska opp och slåtta om jag så ska sparka opp 'na ur sängen!

Han störtade sig fram mot sängen och grep tag om fällen och skakade den.

– HÖÖÖR HON INTE!? bölade han alldeles vanvettig, vände sedan tvärt och rasade ut ur stugan. Dörren drämde han igen så att det sjöng i väggarna.

Inna satte sig upp med ett ryck. Hilma stod vid fönstret och tittade ut.

– Vad är det?

– Äh, det är far din bara. Hade han ägt nåt förstånd, hade han mist det nu. Men det kräket har nog ingenting att mista. Han bara rasar på, han. Och nu gråter han därute. Pappa din gråter av elakhet.

Hon stod och mumlade borta vid fönstret, utan att titta åt Inna. Som om hon talade med sig själv.

Ett par timmar senare gick de ändå där och räfsade efter Knövel. Om det regnade lämpade de upp höet på hässjorna med en gång, var det sol fick gräset ligga och dö av ett par timmar. Men riktigt slåtterväder gjorde Knövel orolig till sinnes. Varje ögonblick trodde han att vädermakterna skulle visa sig i en syndaflod, om än himlen var ren och blå som en barnablick. Hilma tog sig i akt för honom de gångerna. Han var visserligen lågmäld och stilla, men när en människa som han verkade timid, var han som farligast. Då var han lömsk som en nattfrusen is. Världen balanserade sådana dagar på liens egg. Och ritsch! kunde den slinta.

När Hilma varit död en tid tänkte Inna orden: nu finns ingenting emellan. De orden kom sedan att upprepas i henne. Det finns ingenting emellan. När hon tänkte dem fylldes hon av en känsla av hudlöshet eller hud, hon visste inte säkert vilketdera, kanske var det båda, kanske var det samma sak. Hon märkte aldrig att hon kände någon vrede, hon kunde inte känna att hon hatade Knövel. Det hade hon ju annars orsak till. Men i Innas värld var Knövel ojämförlig, han kunde inte värderas eller bedömas; han var. Ja, han var som Galtryggen, det stora berget i söder. Eller som vintern. Och hur kan man hata ett berg, hur hatar man årstider? Sådant var kanske Knövel mäktig, men Inna kunde det inte. Hon visste ingen annan far. Hon visste ingen annan värld. Att gå ur vägen för Knövel var lika självklart som att gå ut påklädd om vintern. Och hade hon varit oklok var det bara att uthärda slagen och okvädinsorden. Som hon uthärdat kölden om hon varit dum nog att att ge sig ut i den barfota.

Men Knövel trodde bergfast att hans dotter hatade honom, att hon tänkte illa om honom, ville honom ont. Hon som allt annat. Att hon inte kunde tvingas till kärlek, det visste han. Och att den som inte kan tvingas till kärlek ändå kan tvingas till underkastelse, det visste han också. Men om kärleken är stark såsom döden, är underkastelsen bräcklig som ett lerkärl. Inga sprickor tålde den. Inte minsta lilla spricka i lönndom. Det var därför banden mellan honom och Inna måste smidas så starka, det var därför de måste vara oupplösliga. En värld, ett liv, ett kött. Inneslutna i sin stumma, förblindade förening hade de bara att var och en på sitt sätt försvara sig mot varandra.

Knövel höll också vedförråd för säkert sju vargavintrar. Alltid. Han tänkte inte låta sig överlistas. Ändå anklagade han ofta Inna för att slösa upp veden i onödan. Och blev hon då rädd att elda för mycket, vart han retlig för det.

– Har jag inte rustat nog med ved kanske? Utan ska måsta frysa röven av mig som tack för allt släpande och huggande! Är det tacken det?

– Men du sa ju igår att jag slösa –

– SLÖSA? Här har jag lagt opp ved till döddagar och då ska jävlar i mig stugan vara varm om kvällen.

Så sätt igång då! Lägg in i spisen, onge, innan jag tar ett vedträ och bankar dig både gul och blå!

– Du ska inte visa dig rädd han, hade Hilma sagt åt henne. Det eggar dem bara. Då får de blodsmak, ulvarna!

De hade skrattat åt det. Då. Men nu fanns det ingenting emellan. Hon visade sig inte rädd, aldrig någonsin. Orygglig stod hennes kropp där; själv sprang hon osynlig bort genom skogen, över bergen, över myrarna –. Hon hade hittat de hemliga flyktvägarna, de som ingen levande kan följa.

Vägarna hade länge varit ofarbara. Först snösmältning, därpå tjällossning. Salomon väntade otåligt på att få ta sig till Racksele och köpa den nya plog han beställt genom Lantmännen. Men Balder hade en hov som ömmade och kunde inte brukas. Mot slutet av maj iddes Salomon inte vänta längre. Han bad att få följa Rubert, Helgas äldre halvbror, när han och hustrun skulle iväg och döpa sin minsta, som fötts på förvåren. Jodå, sa Rubert när Salomon frågade, nog hade de plats både för Salomon och hans plog på kärran. De skulle ge sig av tidigt en söndagsmorgon och ligga över natten i en kyrkstuga som hörde till hustruns släkt. På måndagen skulle de ordna med sina inköp och fara hem.

Salomon hade aldrig riktigt tålt Rubert. Att be honom om hjälp med något, var som att godvilligt gå i en fälla. För Rubert tycktes alltid ha en avsikt med allt, en avsikt vid sidan om avsikten. Så det var inte med någon vidare glädje han såg fram emot resan. Att Ruberts hustru var med gjorde inte saken bättre. Salomon blev mest beklämd av att se henne. Hon hette

Tora och var en blek och spinkig varelse med ljusblå grisögon som plirade på en under schaletten. Alldeles för ung och späd tycktes hon också för den halvgamle, förhårdnade mannen. Nu hade hon efter två års äktenskap redan fött dem deras andra barn och Salomon kunde inte begripa hur det gått till, att hennes lilla barnkropp fött fram en fullstor dotter. Hon sa aldrig någonting, Tora. Hon teg med hopnypta, smala läppar. Säkert var det synd om henne på alla möjliga vis, och kanske mest för att hon fått sig en sådan vresoxe till karl. Men Salomon kunde inte hjälpa att han tyckte illa om blicken hon hade, något spetsigt som lyste fram ur det ljusblå. Fast nu var det som det var och plogen måste hem innan det var tid att så. Vid halvsextiden på morgonen den utsatta söndagen kom de inkörande på gården för att hämta honom. Helga skulle prompt bjuda på kaffe innan de for och Rubert och Tora klev in, hon med den lilla i famnen.

– Godmorgon, hälsade de utan särskild värme varandra och så slog de sig ned kring bordet. Det var inte ofta de träffades. Rubert hade alltid tyckt att lillasystern var bortskämd och oansvarig. När ingen vuxen funnits i närheten hade Rubert försökt att "uppfostra" henne på olika sätt, och det hade Helga fortfarande svårt att förlåta honom. Men sådana saker talade man ju inte om. All barndomens skam.

– Ja, vi ska väl se till att komma iväg nu, sa Rubert.

De reste sig. Salomon plockade ihop vad han skulle ha med sig och Helga slog sig ned vid elden med sin minsta, som vaknat.

– Och inhysingen, sa Rubert med något obehagligt skevande i blicken. Han är hemma – eller? Han såg sig ikring i stugan.

– Du menar Aron – Jo, han är däroppe hos sig. Salomon gjorde en nick mot taket till.

– Och du tänker, att det går bara bra att du lämnar Helga allen med han –? Rubert skrattade till, ett litet torrt läte. Han försökte titta på Salomon som i samförstånd, att Helga var ju inte någon riktigt pålitlig människa.

Både Helga och Salomon stelnade till. De tittade från varsin del av rummet på Rubert, som stod alldeles vid dörren, beredd att följa sin hustru ut. Salomon gav Helga ett hastigt ögonkast. Sedan sa han, nästan onödigt högt:

– Här i huset litar vi på varandra.

Rubert gav honom ett flin.

– Jaha, sa han. Ja, adjö då Helga. Du ska ha tack för kaffe.

Hon nickade bara och såg stumt på sin man. Han var upprörd, hon märkte det på hans hållning, hur han höll sig själv upprätt. Hon hade velat säga något till honom, men hon tordes inte.

– Jag går nu, sa Salomon. De väntar därute.

När han gått blev Helga sittande kvar på stolen, länge, ända tills de större barnen vaknade och tvingade henne ur hennes tankar.

Hon hade rodnat. Hade de sett det, Rubert och Salomon? Djupt och ohjälpligt hade hon rodnat. Ja, Rubert hade sett, det märktes i blicken han gav henne när han gick. Visshetsblicken. Segrarblicken. Hon kände igen den till ursinne. Men varför hade hon rodnat? Helga kunde inte minnas att hon gjort det sedan hon var en flicka. Hon hade glömt hur det kändes till och med, skamhettan som steg och steg i ansiktet. Men det var inte för att det som Rubert antydde skulle ha någon sanning i sig, som hon rodnat. Det var för hans skändlighets skull.

Hela dagen gick Helga och vred och vände på det som hänt under morgonen. Hon hade rodnat en gång till. Det var när Aron kom ned och hälsade god morgon. Då hade hon rodnat och vänt bort blicken som ett skuldmedvetet barn. Hon förstod inte. Aldrig hade hon tänkt tanken, att hon och Aron... Och Aron, kunde han ha tänkt en sådan tanke? Eller Salomon? När hon fick en stund för sig själv på eftermiddagen satte hon sig och bläddrade rastlöst i Bibeln. Hon slog upp första Mosebok och läste: *Förty Gudh weet, at på hwad dagh I äten ther af, skola edor ögon öpnas, och I warden såsom Gudh, wetandes hwad godt och ondt är."* Och hon läste vidare: *"Då öpnades bägges theras ögon, och the wordo warse, at de woro nakne; Och the bundo tilhopa fikonalöf, och giorde sigh skiörte."*

Detta, tänkte hon uppbragt, detta kallas för Syndafallet. Hon hade aldrig sett det så tydligt tidigare. Att redan att känna synden, var en synd. Redan att veta om den. Och därför hade hon rodnat. Hon rös av ett obehag hon inte visste varifrån det kom. Med en smäll, som fick henne själv att rycka till, slog hon igen den stora Bibeln. Hon kände sig plötsligt så upprorisk. Det enda vissa, tänkte hon, var att Rubert ville ont. Han var en orm, men inte en orm som ville fresta, utan en orm som ville söndra. Det som var vackert, ville Rubert få fult. Sådan hade han alltid varit.

När det blev kväll, satt de som vanligt vid härden, Aron och Helga. Det var ju bara det att Salomon saknades. Barnen sov nere i soffan. Ur vrån hördes från och till gubbens snarkningar. Helga satt med sländan och spann, Aron läste, med en fot på vaggan där den minste sov, gav den en stöt ibland när det rördes inunder fällen. Det var gott att det fanns kvällar, tänkte Aron. Som att dra in en trål som legat ute till havs och gungat. Att långsamt dra ihop den till en säck och samla den. Så att allt som varit spritt kom nära, allt som var osynligt blev synligt. All glittrande fångsten, tänkte han och gick in bland bokstäverna i boken.

– Med dig i huset behöver jag inte vara rädd när Salomon är borta, sa Helga med ens och tittade stint på Aron.

– Nej –, svarade han förvånat och såg upp ur läsningen. Han tyckte hennes röst låtit så ovanligt gäll. Nej, det är klart du inte behöver, sa han svävande. Särskilt inte med Lurv liggande i farstun!

– Men Salomon, fortsatte hon entonigt. Salomon är kanske rädd.

Aron drog ett djupt andetag och rätade på ryggen. Han väntade att säga något tills han fångat hennes blick, som sjunkit djupt ner i knät, in i ullmolnet som låg där.

– Vad får dig att säga så? Salomon har ingenting att

vara rädd för. Och det har jag talat om för honom. Men är du rädd, Helga? Är du rädd för mig?

Helga lade ner sländan i knät och satt bara och tittade rätt ut. Det dröjde en stund, så började ulltråden rinna mellan hennes fingrar igen.

– Förlåt mig, sa hon. Å Gud sig förbarme, vilken dåre jag är!

Aron böjde sig fram mot henne så att hans ansikte kom mycket nära hennes och hon kunde känna hans andedräkt som ljumma små puffar.

– Du ska väl inte be om förlåtelse för något? sa han.

Hon log lite avvaktande.

– Nej, jag ska kanske inte det. Men nu är det i vart fall sagt.

De sista orden muttrade hon bara. Sedan satt de tysta igen. Hon hade så gärna velat prata med honom om Rubert och Syndafallet och med hans hjälp spinna klumpen av tankar till en behändig tråd. Han var ju klok, Aron. Klokare än någon annan hon kände. Hon hade velat fråga honom om kunskap var detsamma som skuld. Hon hade velat berätta, att idag hade hennes halvbror Rubert fått henne att känna sig som om hon var naken fast hon var fullt påklädd. Hon hade velat fråga Aron hur en människa som var oskyldig likafullt kunde känna skuld. Och om det var det som var Syndafallet och Arvsynden. Men i sin nya nakenhet och blygsel vågade hon inte föra dessa saker på tal. Nu var det bara omöjligt, allt.

– Snart nog är varken jag eller Lurv här och vaktar huset, sa plötsligt Aron i ett försök att bryta den underliga stämningen mellan dem. Snart nog försvinner vi till skogs!

– Försvinner!? utbrast Helga med hög röst, väckt ur sina funderingar.

Hon tittade upp och såg med ens Arons ansikte hastigt förändras. Han hade ryckt till, som av ett oväntat slag, och tryckt ned vaggan med foten samtidigt, så att den krängde till och reste sig, som för en våg. Och hans ansikte –. Allt ljuset som annars bodde i det hade dragits undan som ett draperi och nu såg hon ett annat ansikte under. Grått, jagat. Pupillerna stack som spikhuvuden ur de ljusa ögonen.

– Vad tar det åt dig? viskade hon.

Barnet i vaggan hade vaknat av den häftiga stöten och Helga lyfte upp det till sig. Aron gned oroligt sitt ansikte i händerna.

– Det var inget. Det var inget, Helga. Jag förstår inte själv –. Jag ska gå och lägga mig.

Han reste sig. När han gick förbi Helga lät han sin hand lätt, lätt snudda vid hennes axel. Blev stående ett ögonblick.

– Det var ingenting du sa. Du får inte bli rädd för mig.

Lillbarnet drack hennes mjölk i långa klunkar.

– Nu fick jag i alla fall se, sa hon, fortfarande viskande.

– Vadå? Vad menar du att du fick se?

– Jag fick se vilken olycklig själ du är. Att det fanns annat under det där lugnet.

Han skakade på huvudet, liksom värjande.

– Trodde du inte det då?

Hon vred sig så att hon kunde titta på honom.

– Jo, jag säger ju det. Nu fick jag se det.

Aron lät sin hand snudda vid hennes axel ännu en gång, innan han tog med sig Lurv ut i vårnatten.

Han kände sig av någon anledning befriad. Och på samma gång sorgsen. Nu såg han i väster Venus blinka åt honom. En bit bort skällde en hund. Och bortom skallet, som en oavbruten dallring i luften, trängde pärlugglans entoniga lockrop ut ur skogen. Att den höll på än!

Senare, uppe på sin kammare, tände han ett ljus. Det var som om något stort och tungt inom honom, krävde att han beredde högtid åt det. Han vrängde av sig skjortan och undertröjan, drog av sockorna – och efter ett ögonblicks tvekan lossade han bältet och drog av även byxorna. Nu stod han naken i rummet, stod blick stilla, liksom infångad i en rit. Så gjorde han korstecknet, långsamt, som brände han in det i sitt skinn. Därefter föll han ned på sina knän med händerna knäppta mot den vita magen. Han viskade mycket lågt, med blicken fästad vid det lilla krucifixet:

– På nåd och onåd, Herre, överlämnar jag mig.

Man kunde höra pärlugglan in i kammaren. Ropen trängde in i honom där han stod knäböjande. Det fanns en samtidigt återhållen och våldsam längtan i dem. Nu var det han som ropade, han Aron. Hela hans liv. Sju gånger i följd, ljust, ljust darrande. Sedan tystnad, grav av tystnad. Därpå åter rop, sju rop, som en bro spänd över natten.

De red ut sina hästar på sommarbetet, männen i Krokmyr. Det var en tidig morgon i mitten av juni. Björkarna stod höljda i ett ljusgrönt skimmer, nätta som dansöser flöt de kring i luften. Mellan dem stod granarna med lätta, befriade vingar, till synes svartare än vanligt. Marken var mjuk och upplöst ännu, tjälen hade den fortfarande i sitt grepp på skuggplatserna, men på himlen stod denna dag solen vild och stark; ett enda brinnande, uppspärrat öga.

Männen var inte vana att rida och hästarna lika ovana att ridas. Men det gjorde ingenting den här morgonen. Nu skulle hästarna ut på sommarbete, det var försonings- och gottgörelsedag; svarta vintermornars köld, slag och hårda ord; svarta vinterkvällars övertunga lass och löddrande käftar – allt skulle nu sonas och bli förgätet. Hjortronblom vällde upp över vägbanan. Landskapet öppnade sig för dem där de drog fram på rad, förbi de sista torpen och utanförställena. Långt i fjärran kämpade bergen med morgondiset, det var som sagovärldar där borta med bergskam på bergskam, vattenstänk som silver ifrån sjöarna och tunna dimstråk över dem. Och hästarna som visste att det var dit de skulle!

Aron red Salomons häst Balder. Lurv småsprang på sidan om, när han inte gjorde korta utflykter på Stormyran och skrämde upp fågel.

Det var åtta män på åtta hästar och så två unghästar på släp. En lång och långsam rad. Efter drygt en halv mils ritt vek de av ifrån Malgovägen och sneddade upp längs med en lid som bröt av myrarna norrut. Högre och högre gick de utmed bergssidan och vreds på så vis in i det land som legat dolt där bakom. Aron kände tystnaden växa omkring dem. De ljudlösa molnskuggorna ilade hit och dit över landskapet som en leklysten oro på ytan av den bergtunga stillheten. Han drog ett djupt andetag. Här skulle han alltså vistas i sällskap med Lurv och ett dussin hästar, nästan i tre fulla månader. Han såg med värme på sin hund som sprang alldeles nedanför och gav hästen ett par klappar på halsen.

I natt vågade jag inte sova för kölden.

Jag skulle ha sovit mig till döds, så där som sensommarhumlorna inkrupna i ringblommans pupill. Jag skulle ha sovit mig död i mitten av en väldig frostblomma.

Det började med en illande het klåda och nerver som spratt till, än här, än där. Sedan följde en het och dåsig domning. Jag tyckte att natten sträckte ut sig allt längre och vidare, den blev bara större, den tänkte aldrig ta slut.

Jag reste mig, stapplade några steg, lade mig ner igen. Och reste mig, stapplade... Kölden ville inte lämna plats för något annat. Den åt mig. Den åt mig millimeter för millimeter med en obeveklig, torr korrekthet, med en tvingande vetenskaplighet. Den ville utjämna, förstod jag. Den ville frysa ned mig till enhet med allt omkring mig och göra mig delaktig.

Jag gjorde motstånd. Blodets, nervernas, vätskornas motstånd. Jag uppammade all min vaksamhet. Jag kunde höra de osynliga små frostkristallerna i luften explodera runt mig. Oändligt svaga, liksom klingande läten.

Och så stjärnhimlen – som ett sprakande och gnistrande teckenspråk för en mättlöshet på världar. Mitt huvud ville brista för att fatta det jag såg. Jag satt där, en krympande ficka av värme, ett litet fräsande och ynkligt raseri i stjärnnatten. Och jag såg, jag såg hur vacker världen var. Ibland är ingenting grymmare än världens skönhet. Den rymmer oss inte. Den spottar ut det mesta av oss, som man spottar skalrester och osmältbara fibrer ur sin mun. Vår lukt vill den ha bort, vår tunga, dävna kroppslukt; människolukten som de nyfödda dricker som de dricker modersmjölk. Och smutsen under våra naglar: bort! Skönheten vill bränna oss rena in på benet och stegla oss på sitt stora, blinda rymdhjul. Med ett skratt tänder den blommorna som liknar eldar och som får oss att krypa ut ur oss själva.

Guden är någon annanstans, tänkte jag i natt. Någon annanstans är Guden.

Jag tänkte det i vrede. Som jag tror bevarade mig.

Omtöcknad anade jag slutligen ljuset som kom framkrypande ur snön. Det hade då gått en evighet sedan jag senast vetat av att jag var till. Jag hade inte sovit, men natten hade jagat in mig i något, varken av sömn eller vaka. Högre reste sig nu ljuset, jag såg hur det bar fram en värld på sin gyllne bricka. Det var en lysande offergåva som den mindre guden frambar åt den större. Jag låg i min grop någonstans i det vita och såg födelsen. En vit, tigande värld befolkad av blickstilla trädvarelser och kristaller. Det fanns inte ett moln på himlen. Det fanns inte en rörelse. I mig var allt förlamat utom denna syn.

Snöpuder virvlade över mig plötsligt. Toner spräckte sig in i mina öron, fina tunna ljusknypplingar, som spetsglas. Och då fick jag se – små gråa fåglakroppar tumlade mellan träden alldeles intill mig; titor, små, heta, levande titor. De rev upp mig i sittande och med ens kände jag ett läte dras genom strupen på mig, liksom prövande och rasslande, en sorts rop, ett rop åt fåglarna där; fåglaundren: jag ville snudda vid dem.

Det är nu. Det är mitt liv. Jag måste gå. Jag är ju ute och går med mitt liv. Ja, jag vet att jag är utsvulten, jag vet att jag är genomfrusen. Men de tigande snövidderna ropar efter mina steg. Gå! ropar det överallt och jag reser mig och går sedan uppåt, hela tiden uppåt där kölden mildras och solen är som närmast. Den vita, vilda solskivan.

Det är på eftermiddagen jag märker att granarna stannat en bit bakom mig och att ett vitt fält breder ut sig framför mig, fortfarande i uppförslut; jag har inte nått allra högst upp än. Snön ligger djupare här, vinden har föst den framför sig hit. Jag måste stanna flera gånger och lyssna till flämtningarna som så närgånget blandar sig med tystnaden. Himlen stryker över mitt huvud, jag förstår att jag kommit nära till slut. Solen ligger alldeles bakom krönet, på väg ned för bergets motsatta sida. Däruppe, utskurna i siluetter, ser jag en samling hus.

Jag har undvikit husen. Jag har varit rädd att de ville föra mig in i en annan bana. Husen, har jag tänkt, har en bana som går rätt in i såren. Husen med sin lukt av människor, sina märken, sina föremål. Och fastän det är ovanligt här i Hohaj: det kan finnas människor i dem, i alla fall tillfälligtvis. Och de skulle inte låta mig gå så här som ett vilt djur på skogen. Människor måste vara tama vad som än händer dem. Och de som kanske finns i husen skulle se på mig att jag borde vara en av dem, att jag också är en människa, och de skulle säga att människor inte får gå så här. Om jag då skulle svara och säga att jag är en pilgrim som gått ut ur mitt liv, skulle de inte förstå mig. Då skulle de gripa mig och skicka bort mig någonstans, till en klinik, till en särskild avdelning för vilsekomna. Det finns få som förstår hur långt ut livet kan sända en människa.

Men den här gången är det något med husen. Jag vet inte. Jag blir bara stående, står och ser på dem. Det har blivit alldeles tyst. Mina flämtningar har upphört. Men jag blir stående och förstår inte varför jag inte går min väg. Kan det verkligen vara så att min väg för upp till det här tunet, att min bana skär rakt in bland husen?

Det stiger ingen rök ur skorstenarna däruppe. Ingen hund skäller. Inga skoterspår korsar lägdan där jag står. Det är en klunga tysta byggnader. Jag plumsar några steg närmare men stannar snart igen. Tänk om det bara är rädsla som driver mig, rädsla för ännu en natt som den förra?

Nu skymmer det hastigt. Luften blir grå och stum. Solen har glidit av från bergskammen, klamrar sig kvar med några glödfingrar bara som mest lyser upp sig själva.

Jo. Jag går upp mot husen. Jag kommer så nära att jag ser vilken färg de har. Att de är grå, att de aldrig har rödmålats, att de står där och är grå.

Skuggorna kommer utfarande ur skogen, nattskuggorna som kurande väntat inne bland träden. Skymningen suger samtidigt i sig av ljuset ovanför. När jag kommer fram till det som jag tror måste vara fähuset, har det hunnit bli skumt. Och kölden har vässats till. I stark kyla får alla ting så skarpa konturer. Eggvassa kanter på träd och byggnader. Tingen träder fram ur det omgivande som vore de utklipp, dithängda utklipp.

Jag står länge tryckt mot ladugårdsväggen och kikar ut över gårdsplanen. Snön har skottats under vintern. Små vägar mellan byggnaderna. Men ny snö har fallit i de skottade gångarna, ny oförd snö. Någon har varit här, tänker jag. Men nu är ingen här. Fast ändå. En egendomlig känsla fyller mig.

Jag får syn på brunnsvingeln som reser sig mitt på gården. Och nedanför den, på marken –. Är det en hund som ligger där? Mina flämtningar går höga igen. Och kölden skär i fötterna. Jag försöker forma läpparna till en vissling, men de vill inte. Jag slickar på dem, försöker värma dem inne i munnen och prövar igen. Till sist går en klen vissling genom luften. Men hunden ligger orörlig. Inget öra som spetsas, ingenting. En gång till visslar jag, ganska högt den här gången. Det kan inte vara någon hund.

Kanske är det en säck. En vedsäck.

Jag förstår att jag måste röra mig om jag inte ska frysa fast. Och jag måste röra mig in mot gården nu, det är alldeles avgjort att jag måste det. Det förbryllar mig, men min väg går här, jag känner ropet, ropet som hela tiden kallat mig, jag känner det alldeles tydligt här uppe på gården. Och då får allting vara som det vill. Det får vara som det är. Och jag närmar mig byltet vid brunnen och stannar först ett par steg ifrån.

Ni ska veta att det är en människa. En gammal kvinna. Och mössan har hon tappat. Den ligger fastväxt i isen som bildats. Intill henne ligger en kullstjälpt hink. Hon håller ännu om handtaget. Ett fast grepp. Huvudet håller hon aningen höjt, som var hon på väg att resa sig. Den svaga brisen rufsar om i hennes hår. Hon verkar så liten inne i kläderna. Som om någon bara blåst ikull henne.

De lämnade inte Nattmyrberg i onödan. På Hilmas tid hade det ju varit annorlunda. Men nu var det Knövels tid och han tyckte om att hålla sig undan. Det passade honom att slippa möta blicken från människor. Inna kunde ju också få för sig att lämna honom om hon kom ned till Krokmyr och fick se livet där och hur det levdes. Hon kunde till och med träffa på en karl. Knövel ville hålla allt som det var. Om vårvintrarna när det var skare tog han kälken och begav sig till handelsboden. Sedan lastade han den med så mycket av salt, gryn och socker som han bara kunde. Och släpade hem. Några skinn, lite skogsfågel och rökt fisk hade han med sig för att sälja. Pengar vart det ju inte mycket uppe i Nattmyrberg. I skogen kunde han inte slita mer. Hade det vuxit tall i Hohaj hade han kunnat bygga tjärdal. Det hade han tänkt många gånger. Men det fanns bara gran, ingenting annat än gran, i hela Hohaj växte inte en tall att driva tjäran ur.

Om sommaren var han tvungen att ge sig ned till handelsboden två, tre gånger för att sälja smör och ost. Eller sälja. Han fick avbetala med det. Men den här sommaren sa plötsligt Inna, att nu ville hon med ner, nu ville hon ner i byn som hon inte sett sedan Hilma dog. Nu ville hon rentav gå ner ensam med den ost och det smör hon berett.

Säkert var hon tjugo år, Knövel hade inte brytt sig om att räkna efter. Men det stod ristat i den lilla skåpluckan i byrån, dag, år och namn för alla barnen som fötts något sånär fullgångna. Hilma hade ristat och fyllt i med bläck. Och Inna hade sett, Inna visste. Hon hade tagit reda på vilket år som nu var och räknat. Alla fingrarna två gånger om. Tjugo. Hon var tjugo år. Och hon bad inte om att få gå, hon sa att hon ville, att hon skulle, att hon måste.

Inna förstod knappt själv. Det var som om en ny röst kommit och ställt sig framför den gamla rösten; framför Inna, ja framför Knövel, med armarna utsträckta som till värn. En ny röst som plötsligt banat väg någonstans inifrån henne.

De stred. Knövel skrek åt henne att hämta Laga, att nu gitte han inte strida mer. Men Inna nekade.

– Den här gången kommer jag gå ned och sälja mitt smör och mina ostar vad än du säger, sa hon.

Knövel kunde inte hämta Laga själv. Han kunde inte. Han kände bara obeskrivlig skräck växa kring sig när han tänkte att han skulle ut där i farstuvrån och hämta påkuslingen. Och han kanske inte skulle rå på henne, som hon lät i rösten, Inna.

– Jag säger dig bara, sa han i alla fall, jag säger dig bara, att här är det jag och ingen annan som går ner till Krokmyr med varor.

Mitt smör, tänkte han. *Mina ostar.* Ägde hon smöret och ostarna mer än en piga, kanske? Vad hade hon gjort sig för begrepp om rätt?

– Dem kräk vi ha här på Nattmyrberg, dem har jag skaffat, sa han. Den mjölk som kommer ut ur dem, den är min. Om det så var Herran själv som drog i de förbannade tissarna, så är mjölken min! Begriper du inte det, jänta!? Ge dig ut efter Laga, din fitta, så ska jag göra klart för dig vem som äger ostarna här på torpet!

Du ska inte visa dig rädd, tänkte Inna. Då får de blodsmak, ulvarna. Då får de blodsmak.

– Jag sa att du får hämta henne själv om du har bruk för henne, sa hon lågt och hopbitet. Hilma stod alldeles bakom henne nu. Och hon hade lagt sina händer på dotterns skuldror.

– Och får jag inte komma mig ned på byn, så gör jag inte en ost till, inte en smörfläck!

Knövel började vanka runt i stugan. Runt mellan de tre fönstren och bort till spisen, bort till kammardörren, fram och tillbaka. Inna satt vid bordet med de sysslolösa händerna och underarmarna upplagda på bordsskivan. Händerna uppvända. Han stirrade på det där, hur hon höll händerna uppåtvända.

– Kan du ta ner händerna från bordet! röt han när han sett sig mätt på eländet.

Och det gjorde hon.

– Det är inte lämpligt att du ger dig ner till handelsboden, fortsatte han, stärkt av att hon lytt honom. Jag har ju mina... *affärder*... med han Olofsson. Vi är skyldig och det ena med det andra.

Hon tittade på sin far. Ett stilla jubel steg inom henne. Hon såg honom. Ja, hon såg honom liksom utskild, enskild. Det var så enkelt, det var egentligen bara så att hon såg honom. Att han var exakt han. Inte mer. Inte ett dugg mer. Nu försökte han vara lite knipslug, det såg hon, hon urskiljde det, att han försökte låta viktig, prata om *affärder*. Hon tänkte: han är rädd. Han är också rädd. Han är som jag. Jublet steg som rodnad i hennes ansikte. Jag har rubbat honom, tänkte hon. Jag ser honom.

Knövel stirrade på sin dotter. Han lutade sig fram över bordsskivan så att den knakade under hans tyngd, böjde sig fram och stirrade in i hennes ansikte.

– Och vad ser du så in i helvete glad ut för? väste han och blottade styggt de gaddar han ännu hade kvar i sin munhåla. Han sög in luft och skrek:

– Tror du jag är rädd dig, va?

Inna stred med sin rädsla, med stickningarna som börjat komma över låren, skinkorna, upp mot korsryggen. Å, varför stack det så där, och brände, brände inuti, brände sönder så att hon inte längre såg utan mer förnam honom, som något stort, något oformligt. Så att han återigen inte gick att urskilja för att han fyllde allting, varje skrymsle inne i hennes egnaste och sedan vidare ut, vidare, ända bort till handelsboden i Krokmyr. Så att hon inte kunde se en annan människa i ögonen utan detta oformliga emellan. Inte se sig själv i ögonen.

– *Nej!* skrek hon i detsamma. Nej, jag är inte rädd dig, ditt ofärdiga, vanställda, haltande gamla –

Pang! Där satt örfilen tvärs över bordet och med sådan kraft att hon föll baklänges i stolen, ner på golvet. Knövel var genast över henne för att fortsätta slå när han nu äntligen kommit i gång. Men Inna reste sig blixtsnabbt upp i sittande och knuffade undan honom.

– Du rör mig inte, sa hon med styv och klanglös röst.

Sedan reste hon sig upp med blicken hårt i faderns. Han satt på golvet, ansiktet var lysande rött, skräcken sprattlade i ögonen. Det var det som hänt. Hon såg honom. Att han satt där. Att han var som hon.

Utan att släppa greppet om hans blick backade hon ut ur stugan, ut i den vita sommarnatten. Med ännu ny och främmande beslutsamhet gick hon ned i ladugården och plockade ihop sina ostar och sitt smör, lade alltsammans i ett knyte som hon knöt om med remmar. Sedan gick hon, i en krok för att inte bli sedd, bort längs stigen ned mot byn. Ett par kilometer gick vreden åt henne – eller om det var upprymdheten – men när den förklingat fanns ingen kraft kvar. Inna satte sig ned. Hon satt och stirrade ut i natten. Myggen fick klättra som de ville över hennes ansikte. Det var tomt och blankt i henne. Bara en ton, en lång utdragen ton som drog genom henne. Så småningom började hon skälva. Hon skalv som av en hemlig, inre jordbävning. Hon gick som i vågor.

Till sist måtte hon ha somnat. När hon vaknade lyste solen ned i strängar mellan träden. Först satt hon en stund och drog sig till minnes. Hon blundade och vaggade med kroppen. Tonen gick ännu stadig genom henne. Så slog hon upp ögonen, drog av schaletten och redde håret i ordning. Silverhåret. Hon dolde det noggrant under huvudduken, gned händerna mot blåbärsriset och reste sig upp. Det var redan varmt i luften. Myggen rörde sig kring henne, knotten klättrade i ögonen och bakom öronen. Hon tog upp sitt knyte och hängde det över axeln. Nu skulle hon gå till Krokmyr, nu skulle hon komma till handelsboden, nu skulle hon komma ned dit där människor fanns. Och smöret skulle inte smälta.

Det var full dag när hon kom ut på Malgovägen. Snart nog gick hon som på en sträng utspänd över myren. Hjortronen var ännu hårda kart, men vissa lyste redan röda där på vägkanten, som små rop. Inna gick raskt. Hon måste driva Knövel ur kroppen före första torpet, hade hon bestämt. Bara vara Inna, utsläppt på vandring i sommardagen, utsläppt i världen för första gången sedan Hilma dog. Att det kunde vara så! Att hon kunde gå här! Hon skulle duka upp med det granna smöret och de otroligt runda små ostarna. Han skulle få se, den där Olofsson. Stjärnmönstren som prydde ostarna, det tunga, rena smöret. Det var inte på alla gårdar man beredde något av mjölken, annat än fil. Barna drack väl opp allt som blev, förstås. I Nattmyrberg rörde de inte mjölken, knappt. En skvätt till gröten av den skummade, inte mer. De hade ju så lite att sälja. Av getmjölken gick

allt till ost. Inna kokte mese som Hilma lärt henne.
Den hade de till smör, Knövel och hon. Ja, till allt. Till
fisken och till pärerna också. Utspädd med vatten tog
de den till gröten med. Folk köpte helst vitost ändå.

Inna gick med tankarna djupt i ost och smör. Hon
måste tappa Knövel före första torpet. Inte bära Knövel på sig när hon kom till människor. Knövel, tänkte
hon. Om hon bara beslutade var han inte där, inte på
henne, inte i henne, inte någonstans efter Malgovägen. Han satt uppe i Nattmyrberg. Med Laga i näven
skulle han sitta när hon kom tillbaka och återkräva
allt hon erövrat. Men inte nu, nej, inte här. Hon hade
minsann sett honom. Han var inte mer än sin kropp;
linjerna kring den, gränserna kring den. Han var i sin
kropp. Fången.

Olofsson gjorde stora ögon när Inna steg in i butiken.
Han tittade från alla tänkbara håll, vred huvudet hit
och dit som en fågel, log till sist lite försiktigt och sa:

– Nej men, visst är detta dottern på Nattmyrberg
som kommer klivande!? Men vad hette hon nu..? Herregud, hon har ju blivit vuxen, hon är ju fullväxt,
flickan!

Han log igen och såg vänlig och nyfiken ut. Ville
han veta vad hon hette, skulle hon säga det?

– Är han dålig, farsgubben din, ja, Knövel som vi
kalla'n? Eller hon ville kanske ner på byn, ehh, vad är
det nu du heter, jänta?

– Inna, svarade hon lågt med blicken borrad i knytet som hon lagt på disken.

– Inna var det ja! Inna.

Det plingade i dörren och Salomon steg in.

– Goddag, hälsade han.

– Goddag du Salomon, sa Olofsson. Ja, här har vi storbesök. Dotra från Nattmyrberg är nere i byn och det var minsann inte igår.

Han skrattade lite. Inna hade rodnat. Det blev för stort det här, tyckte hon. Och när skulle han fråga vad hon hade i knytet?

– Jaha ja, sa Salomon. Och gubben, han lever?

– Jo, sa Inna.

– Ja, han är ju nere ibland, man har ju sett en.

Inna började osäkert att lossa remmarna kring knytet.

– Jaså, sa Olofsson, hon har med sig däruppifrån.

Hon lade ut varorna i en vacker rad, näverbyttorna med smör och så de runda små ostarna med stjärnor.

Olofsson suckade.

– Ja. Jag har sagt det åt far din flera gånger. Att sådana där varor skulle man fram till Racksele med. Folk håller sig med eget härikring. Ja, någon ost eller två ska väl gå att få såld...

Inna tittade hjälplöst på honom. Alldeles stum stirrade hon in i hans ansikte.

– Vill han inte ha –? fick hon fram.

– Nja. Han strök sig över hakan och kastade ett öga på Salomon. Jag ska ju ner till Racksele i morgon, jag kunde ju ta med mig av det här och sälja vidare. Men det blir ju lite annat pris då förstås. Hon ska ha varor, förstår jag?

– Ja, viskade Inna.

– Då ska vi titta i boken.

– Var nu lite storsint mot flickan, du Olofsson! inföll Salomon och blinkade vänligt åt henne.

Olofsson gav honom ett smalt ögonkast ur kassaboken och svarade inget.

– Får jag gå emellan och handla en bit kätting? fortsatte Salomon.

– Fråga unga fröken, du.

Inna tittade osäkert på de två männen och nickade. Det var inte som hon trott, det här. Hon begrep inte turerna i allt som sades och visste inte om hon själv gjorde rätt eller fel. Och Knövel, vad skulle han säga, var det det här som var *affärder* som han pratade så viktigt om?

– Jag tror jag köper en sådan där liten ost också, sa Salomon när han fått sin kätting.

– Vad tar du för osten, Olofsson? Ja, getosten där.

Han pekade på den han ville ha och log mot Inna.

– Det är kaffeost det där, sa hon stärkt.

– Jo, jag ser ju det! Jag ska överraska hemma med en riktig kaffeost! Såna ostar är det inte många som gör härikring, det ska du veta. Som gör dem *riktigt*. Så ge inte bort dem gratist du!

Nu rodnade Inna på nytt.

– Nä, nä, sa Olofsson avvärjande. Visst är det fina ostar, alltid fina ostar från Nattmyrberg. Det var väl mest smöret jag mena. Folk köper inte smör i Krokmyr. Ja. Då ska vi se. Nio kaffeostar, fem färskostar, tio koostar. Och smöret och mesen.

Salomon hade gått. Olofsson skrev omständligt i boken och Inna såg sig omkring på allt som fanns i butiken.

– Nå då så, sa handlarn. Nu drog jag av tjugotvå kronor och åttiofem öre från skulden på fyrtiofyra kronor och tre öre. Och då har du fått bra betalt för ostarna och smöret, inget knussel, då har hon gjort goda affärer, Inna. Det kan hon hälsa åt Knövel.

– Jag skulle handla lite, sa Inna.
– Varsågod!
– Två kilo ärter, tre kilo socker.

Olofsson mätte upp och ställde framför henne.

– Två kilo korngryn, ett kilo fläsk.

Det kom in folk i butiken. De tittade nyfiket på Inna.

– Inget kaffe till Nattmyrberg? undrade Olofsson så att alla skulle veta vem hon var.

– Ett kilo, sa Inna. Av det billigaste.

– Gott, sa Olofsson och stoppade några karameller i en tidningsstrut.

Inna kände med ens hur hungrig hon var. Det bullrade till i magen på henne så att det nog hördes i hela butiken. Hon tittade på handlaren för att se om han hört.

– En liten bit korv också, sa hon.

Han måttade och skar av en liten bit.

– Det bjuder jag på, sa han. För det var så länge sen. Och några karameller för den långa vägen.

– Tack så väldigt, mumlade Inna. Tack, handlarn.

Hon packade ihop sina saker och gick med blicken

i golvet ut ur handelsboden. Där var inga människor hon kände igen ändå. Inga ansikten från skolan. Inga från läsningen. Och så var det så länge sedan. Hon mindes inte. Hon kom ut i solljuset och stod en stund och bara andades. Hon hörde nog inte till här, tänkte hon.

Det fanns en bänk utefter husväggen och hon satte sig på den. Solen lyste i hennes ansikte, folk gick förbi på vägen framför, det hördes hammarslag, hundskall, en såg som skrek. Inna höll sina ögon stängda och var i det röda. Plötsligt, starkare än på flera år, skar saknaden efter Hilma igenom. Och där i det röda, bakom de stängda ögonlocken, framkallades suddigt hennes bild. Den rörde sig som ett levande vatten fram och tillbaka mellan uttryck, avtryck och glömska. Inna mer kände än såg sin mamma röra sig innanför ögonlocken. De kvicka, lätta rörelserna, ansiktet, blicken när modern såg på henne. Kanske är förlusten av blicken det svåraste. När någon som sett en är borta, någon som burit en i sin blick, skapat en i sitt öga. Som att själv bli otydlig, suddig; på väg ut ur bilden. Inna söker blicken därinne, blicken som kan bära henne, hålla, bevara henne. I magen knyter det sig, inte bara av hunger, det är saknaden också. Allt hennes liv sugs ned mot den hårdnande knuten och pressas samman där. Hon är exakt så stor som sin knutna näve.

Det kom en skugga i den röda världen. När hon kisande och halvblind såg upp, märkte hon att någon ställt sig alldeles framför henne. En kvinna, hon såg kjolen, de magra händerna. Och nu böjde sig kvinnan över henne, granskade ansiktet under schaletten, hårslingorna som letat sig ut.

– Visst är det väl ändå Hilmas flicka jag ser här, visst är det lill-silver-Inna? Kvinnan satte sig ned bredvid henne på bänken. Känner du igen mig? Nils'Mari brukar de säga.

Inna nickade stumt. Att nog kände hon igen. En av kvinnorna som fanns när Hilma levde och som kommit upp och hjälpt dem ibland. Det var när Inna var liten, i en annan värld, en värld som sjunkit och varit försvunnen, men som alldeles nyss kommit till synes inne i det röda bakom ögonlocken. Nu steg den som ett rop inom henne. Det knutna, knytnävsstora började att växa, det svällde, jäste, det blev övermäktigt stort. Hon lade sitt huvud mot kvinnans axel. Med ens skakade hon av återhållen gråt.

Hon som kallades Nils'Mari lade armen runt alla skakningarna.

– Gråt inte, sa hon efter en stund.

Hon lyfte Innas ansikte och såg in i det ett ögonblick.

– Så, sa hon. Sitt här en stund medan jag går in och köper lite mjöl. Så gör vi sällskap sedan, efter vägen.

Och Inna satt kvar på bänken som en som blivit nedsläppt någonstans ifrån. Att man kan glömma så mycket, fast att det finns! Att man kan tappa det som inte är förlorat! När Mari kom ut igen med mjölpåsen under armen, satt hon fryst i samma ställning.

– Du är väl på hemväg, du med? undrade kvinnan.

Inna reste sig med det oformliga knytet i famnen.

– Han gav mig lite korv, handlarn. Jag hade tänkt äta lite av den bara.

– Ät den hemma hos mig. Så får du bröd och kaffe till.

Hon bodde halvannan kilometer utanför Krokmyr, i ett av krontorpen ganska nära stigen upp mot Nattmyrberg. De hade varit där ett par gånger, modern och hon, på bönemötenas tid, eller som nu, på vägen hem från handelsboden.

De pratade inte mycket under vägen.

– Ja, han lever väl, gubbskrället? muttrade hon bara. För det är väl ingen kosvans som märkt dig på kinden?!

Inna ryckte till. Hade hon Knövels slag på kinden?

– Herren vill väl ge han gott om tid för bättring, förstår man, fortsatte Mari. Det sägs ju att det är därför han sparar så orimligt länge på de värsta. Så att de ska hinna ångra sig och göra bättring.

Hon skrattade till och gav Inna en liten knuff.

– Fast med Knövel kunde han gott ha gett opp det hoppet. Det kunde han.

Inna följde utan ett ord Mari i stegen. Det fanns ingenting hon ville säga, i hennes huvud var det trängsel och förvirring, tankar och minnen knuffades omkring. Och det var bara så gott att gå här och höra den där rösten prata på.

När de sedan sörplade sitt kaffe efter att ha ätit den himmelska korven med Nils'Maris bröd till, sa Mari:

– Du behöver inte berätta hur du har det däroppe. Jag kan nog räkna ut hur det är. Men du ska veta att du är vuxen nu. Han har ingen rätt över dig mer. Du kan ge dig av, Inna. Du kan söka tjänst – eller rusta dig karl och bli gift!

Inna tittade ner på fatet och lyfte det långsamt upp till läpparna. Hon svepte de sista dropparna kaffe och satte ned fatet igen. Utanför fönstret, ja, alldeles intill, stod en rönn och hon såg hur en trast rörde sig i lövverket; hon följde med den en stund. Sedan återvände hon till bordet och Maris ansikte mitt emot.

– Jag har allt mitt däroppe, sa hon. Kräka. Och allt.

Mari suckade.

– Ja. Jo. Men det står i Skriften att barna ska lämna sina föräldrar, att det är som lag på det.

– Vi lever nog utanför allt det där i Nattmyrberg. Vi hör inte till.

– Är det vad han säger, Knöveln där?

– Näe, det har jag fundererat ut själv. Jag tänkte det idag när jag kom ut från handelsbon. Och jag har tänkt det andra gånger.

– *Fundererat*, skrattade Mari. Det var ju det Hilma brukade säga jämt!

Hon skrynklade ihop pannan och gjorde till rösten:

– Jag har som gått här och fundererat på en sak ...

Inna började också skratta.

– Nu såg du ut som mamma! När du skrynklade pannan så där.

Mari fyllde sista kaffeskvätten på Innas fat.

– Jag ska ge mig av, sa Inna.

– Du får ligga över natten om du vill.

– Nej, jag går nu, det är ju liks ljust. Och Knövel

kanske inte har mjölkat.

– Se till att du kommer ner bland folk lite oftare. Jag kommer inte opp och hälsar på någe mer. För benas skull. Och så gubbsatan. Jag skulle kunna ha ihjäl han av misstag! Det sa jag åt Hilma också. Du borde ta bort den där sa jag.

– Bara man inte visar sig rädd, så –, sa Inna och försökte låta säker.

– Ha! Nä, nä. Man kan väl försöka!

Det var redan sen kväll när Inna började gå. Men hon hade många tankar att vara ensam om och hon var inte rädd att gå ute om natten. Hon låtsades att Hilma gick där bredvid henne. Det underliga var att mamman var en liten flicka. Hon hade en för kort, smutsig klänning på sig. Och hon höll Inna hårt i handen. Det gjorde ingenting att modern blivit så där liten, tyckte Inna. Det kändes alldeles riktigt. Nu gick de upp tillsammans till Nattmyrberg.

Nu levde Aron med Lurv och sina hästar.

Nätterna var vita som glas. Ute på de sanka myrarna rörde sig tranorna. Han hörde dem ibland stöta ut sina rop.

De levde i det särskilda, i det rakt uppifrån kommande ljuset. Löven dallrade, det gröna blev silver. Och myggen var där i tjocka svärmar. Och knotten som fick hästarna att blöda. Aron tände rykeldar med björktickor i och de kunde stå i timtal, blundande omslutna av ockrafärgad rök, hund, människa, hästar. Och rena sig.

Spettlidenhästarna hade också kommit nu, tre stycken. Så nu hade han elva fullvuxna hästar i sin vård. Och två unghästar. Det hade gått lite vilt till de första dagarna, men nu var ordningen uppgjord mellan djuren. Det fanns ju gott om utrymme också, de behövde inte trängas i onödan.

Dagarna var varma. Långsamt torkade markerna upp efter snösmältning och tjällossning. Inom kort skulle det komma som en florstunn skymning en stund på natten. Ett mörkervarsel.

Aron kände ingen längtan efter människor. Det behövdes ensamhet för hans tankar. Han gick bland hästarna, som en efter en fått ett eget, tydligt ansikte att förhålla sig till, han gick bland dem och berättade sitt liv för sig. En gång för länge sedan hade han flytt. Och ibland kände han det som om hans olevda liv i en undre skuggvärld likafullt utspelade sig ute på de där öarna han en gång lämnat. Timme för timme, dag för dag, år för år av olevdhet. Att han hade lämnat kvar sitt liv där och övergivit det. Nu irrade han runt världen i ett slags skenliv. Verkligheten var där, där han lämnat den. Han, Aron, var där, där han övergav honom. Aron var ju inte heller hans rätta namn. Det var skennamnet han tagit på sig, en mask, en scendräkt.

Nu gick han och mindes de första åren efter flykten. Det var på Island, där han precis som här haft hand om hästar. Den tiden ryckte nära nu, fast han bara var en yngling då och det förflutna inte fullt ut hunnit ikapp honom. Det var när han fortfarande trodde att det skulle gå att leva ett nytt liv, att det var möjligt att börja om. Men det olevda, det övergivna slog allt starkare in i honom. Han blev tvungen att fly igen för att freda sig, tvungen att hålla sig på flykt. Vart han kom var han en gäst, en främling, kanske inte i andras ögon men inför sig själv. Han blev sjöman. Det var ett sätt att överleva för en hemlös, för en namnlös. I tio år levde han på sjön. När han slutligen mönstrade av i Simrishamn hade han inga tankar och inga planer.

Egentligen var det kriget som spolat upp honom. Han måste hålla sig undan från kriget.

Visst hade han haft tid att tänka under åren till sjöss. Han hade tänkt att han var dömd till att irra som till ett livstidsstraff. Han hade beslutat att ta på sig detta straff och bära det med värdighet. Att det enda svaret på livet, som det gestaltat sig för honom, var ödmjukhet. För mörker kan inte besvaras med mörker. Det måste besvaras med ljus.

Men nu, sedan han kommit till Hohaj, till Krokmyr, var det något i honom som kändes annorlunda. Det var som om krafter sparkade och sprängde i honom och ville ut i ljuset. Allt det som legat i ide och bara övervintrat under alla år. Våren som han just upplevt hade påmint honom om något, den hade liknat något och rört vid honom hårt och starkt med allt sitt lössläppta, allt sitt ljus. Det liknade hunger, det som nu gripit honom, hunger som växte som en varelse ur honom och grep ikring sig. Hela hans svältfödda liv tycktes som väckt ur dvala, nu ville det ha mat, det ville ha verklighet.

Det hände att han sjöng för sig själv i ensamheten. Ibland kom ljudet av hans egen röst honom att gråta. Om nätterna bad han sin Gud att stilla honom. Herre bevara mig, bad han. Det finns inget som räcker åt mig längre. Jag ryms inte i mitt liv.

Ensamheten gav honom rum. Han rökte fiskar han inte ens visste namnet på. Han eldade med alved. Han prövade att röka långsamt och att röka snabbt. Det fanns en tyngd i allt han gjorde. En enkel, hållfast tyngd. Hästarna som inte främst var bara hästar utan som mer och mer börjat likna sig själva, de såg på honom med sina ögon som om de sa: vi ser dig, du är du. Och Salomons och Helgas ansikten, de sa: du är Aron, vi ser inte hur du springer bort ur dig själv.

Han ristade dagarna i en brandstubbe där han slagit läger. Var fjortonde dag skulle de komma ut med skaffning åt honom. Lurv kunde han föda på fisk. Och sorkar och annat som hunden själv höll sig med. Grodor, harungar. Ibland var det en bedrövelse att se.

En kväll dök Salomon upp på lägerplatsen. Det var hans tur att komma med maten. De gjorde upp eld och värmde palt med tjäderkött i som Helga lagat. Salomon hade brännvin med sig och tänkte stanna över natten. Men Aron ville inte ha något brännvin att dricka.

– Jag brukar inte dricka sådant där, sa han avvärjande när Salomon försökte slå i en skvätt i hans kaffe.

– Ja, men just därför, Aron! Just därför ska du smaka lite i kväll. Vi brukar ju inte sitta vid en eld mitt ute i skogen om nätterna heller. Och ändå gör vi det nu! Håll fram koppen nu!

Aron log och höll motvilligt fram koppen.

– Du är otrolig, Salomon.

De åt och drack och lade nya vedpinnar på brasan. Och Aron som var ovan att dricka blev fort rusig.

– Nu ska jag sjunga en sång för dig, sa han plötsligt och så reste han sig upp. Jag har försökt hitta igen alla verserna ur minnet nu i sommar när jag gått härute.

En del fattas säkert, men det får göra detsamma.

Han började sjunga med ljus och stark stämma. Det var en lång, vindlande sång och han sjöng den med armarna utsträckta. Efter ett par verser började benen att röra sig under honom, ett steg hit, två steg dit, och fast han var onykter höll han takten utan att trampa fel. Ögonen lyste i hans ansikte, något stolt och självsäkert hade plötsligt kommit över hans gestalt.

Salomon, som var ganska drucken han också, tittade häpen på sin vän. Nu fick han se en Aron som han inte tidigare hade sett, men som han kanske anat och som han längtat efter att få möta. Nu dansade han där framför honom, fången nästan som i trance av orden, stegen, av sin egen röst.

När verserna tröt sjönk Aron ned på marken. Elden hade brunnit ut och nu var det solen som glödde på norrhimlen.

– Förlåt mig, sa han. Jag är inte van att dricka.

– Förlåt? Vad säger du förlåt för? Du kan ju verkligt sjunga, du. Och dansa! Och visst var det där ditt eget mål du sjöng på?

Aron nickade lite uppgivet.

– Ja, jag begrep då inte ett ord. Men så är det nog, att när man är full, då sjunger man på sitt eget språk, då är det bara det som duger. Eller hur, Aron?! Och se nu inte så moloken ut!

Han nöp med fingrarna kring nacken på Aron och skakade honom lätt.

– Hör du vad jag säger? Jag är glad att du sjöng för mig.

– Det är bra. Det är bra. Jag blev väl bara förvånad, över mig själv. Jag brukar inte göra så här.

– Och vem har sagt att en människa alltid måste göra det hon brukar göra? Va? Är det någon lag det?

Aron gav honom en blick. Han försökte tänka något men tankarna var så suddiga.

– Nu är vi där igen, sa han i stället. Ska vi inte sova en stund?

Det var en bit in i juli, mot hjortrontiden, som Aron kom att gå i närheten av enstakatorpet han sett på kartan. Han hade ställt i ordning en ny lägerplats åt sig och därifrån kunde han se rökarna ringla ur skorstenarna i Nattmyrberg. Ibland hörde han också bjällrorna från kreaturen de höll. Han lekte ibland med tanken att ge sig av dit upp och hälsa och ge sig till känna. Men varför skulle han egentligen göra det? De kanske bodde så där ensligt just för de ville vara i fred. Och på Helga och Salomon hade han förstått, att det inte fanns anledning att ha med folket där att göra. Det var visst en puckelryggig gubbe bara och hans dotter. Och de höll sig för sig själva och var egna på alla vis.

Men så en tidig förmiddag när Aron var på väg ut till hästarna, fick han syn på en kvinna som satt i videsnåren i skarven mellan skog och myr och plockade hjortron. Han stannade genast upp med ens han fick syn på henne och blev stående så. Hon hade inte märkt honom och Lurv hade lyckligt nog ränt ut till hästarna i förväg.

Det var bara ryggen av henne som han såg, hon satt på huk och flyttade sig någon fotsbredd hit eller dit utan att resa sig. Hjortronen ropade guldgula överallt och myggen dansade och sved. Men hon kände visst ingen blick på sig. Hon hörde bara bären.

Det var en ung kvinna, det kunde Aron se fast hon visade sig bakifrån. Händerna var unga, axlarna och skulderbladen var unga. Men håret som stack fram under huvudduken var silvergrått. Han rörde huvudet försiktigt för att se om det var ljuset, men håret lyste som silver hur han än tittade. Det var underligt, han darrade svagt inombords i en upphetsning han inte begrep orsaken till. Han undrade upprört vem hon var, dottern på Nattmyrberg hade han ju föreställt sig som ett barn, han hade aldrig tänkt att dottern kunde vara kvinna. Men vem annars skulle ge sig ända hit för att plocka bär? Hon måste ju komma därifrån.

Nu borde han gå fram och hälsa men det gjorde han inte. Han stod och hörde hjärtat banka i bröstkorgen. Plötsligt reste hon sig upp och rätade på ryggen. Så gick hon ett par meter längre bort, fortfarande utan att vända på huvudet, och satte sig igen. Aron stod naglad vid marken. Nu måste han bryta sig ut, nu måste han gå fram till henne och hälsa och kanske berätta att han getade krokmyrhästarna här ikring.

Han tog ett par steg framåt, mot henne. I samma stund reste hon sig upp och vände ansiktet åt hans håll. Hon hade naturligtvis hört honom. Aron stod mållös och såg hur det gick en stöt av överraskning, eller om det var skräck, igenom henne. I ett par sekunder stod de båda blickstilla och såg på varandra.

– Goddag, sa Aron med ovig röst. Jag getar krokmyrhästarna...

Då skrek hon till, kort, hårt. Sedan sprang hon med bärkonten slängande i handen.

– Nej! ropade han efter henne. Bli inte rädd! Bli inte rädd för mig!

Men hon var borta. Han hade skrämt henne. Han hade gjort henne rädd. Hon hade sprungit för honom som för en björn, en varg, ett odjur.

Jag blev sittande ute hos den döda.

Hennes ögon står öppna. Mörkret djupnar runt oss, men ur det lyser ändå hennes ansikte fram mot mig så att jag inte säkert vet om jag egentligen kommit för sent.

Jag har aldrig förut sett en död människa med ögonen öppna. Och jag har velat se den blicken. Den sista. Slutbilden, se slutbilden i de dödas ögon. Jag har väl trott att den skulle berätta något för mig. Att den skulle föra mig närmare.

Nu har jag sett den. Nu har jag skymtat omkastet. Som när hästar snor om i sken. Att baklänges sugas ut ur tiden. Man kan inte följa de döda. Man kan inte. Slutbilden förblir ansiktet, dödens ansikte, avstannat, förbenat. Spår av någon som flytt. De dödas ögon berättar ingenting. Längre än till denna hårda oåtkomlighet kan man inte följa dem.

Jag inser plötsligt att jag suttit i så många år och vakat hos det oåtkomliga. Väntat på en glipa någonstans, en springa, en liten por. Men det har förblivit ett slutet system, skilt från mitt. Två åtskilda, tillslutna kärl.

Jag har suttit hos många döda. Och kölden har alltid varit lika svår. De två kärlen. Ändå måste det ju finnas en passage, en hålväg mellan dem som öppnas och sedan sluts till, hastigt. Ett övergångsställe där vi förs över, först in i tiden, sedan ut ur den. Så kärlen kan inte vara slutna, inte helt, inte alltid. Den tanken har inte lämnat mig någon ro.

Hennes blick, som är mest som ett blänk ur mörkret, säger samma ord som själva hennes ansikte. Att portarna är tillslutna. De döda kan inte följas in i döden, de måste spåras bakvänt, tillbaka in i livet. Kanske rentav så, att det är hos de levande vi ska söka döden, att den ligger nergrävd inuti de levande som ett andra hjärta.

Har jag kommit hit för att spåra hennes liv som ligger här avbrutet, med hink i hand, fastfruset? Jag ser den lilla skottade gången till boningshuset. Och jag tittar länge i den gamlas ansikte, som ville jag att hon skulle berätta för mig.

– Jag fryser så. Jag ska gå in till dig nu, tänker jag till henne. Får jag det?

På något sätt vet jag att jag får. Hon är död, men vi har också mötts. Vi har träffats här i kölden, jag kom inte för sent, spåren har korsats. Nu ska jag gå in i hennes hus och göra upp eld i spisen. Det är underligt. Människors möten är underliga. Och de döda människorna har starka röster.

Så jag reser mig och går i hennes lätt översnöade

fotspår. Inom mig bor en längtan efter stor varsamhet. Allt är sprött. Allt är vägg i vägg och väggarna är mycket tunna. Jag rör mig försiktigt i detta. Nu stiger jag in i hennes hus och stänger dörren bakom mig. Ett kallt men inte luktlöst inomhusmörker skockas kring mig och jag får treva mig fram genom det, fram till köket och vedspisen i sin vrå.

Det tar en stund innan jag hittat tändstickor och tändved och fått in en brasa bakom spisluckan. Hon har ju inte eldat på en tid heller, så det ryker in först och jag får bränna näver i rökluckan för draget. Men nu skickar elden ryckvis fram rummet jag sitter i. Jag ser att det hänger en lampa över bordet, en fotogenlampa, och går bort och tänder den. Ett ljusgrönt kök målas fram för mina ögon, allt i samma blekgröna färg: soffa, vedlår, bord, golv, halvpanel, dörrar. Tre fönster visar ut i natten. En halvöppen dörr visar in i kammaren. En mindre dörr intill måtte leda till skafferiet. Det är klart att jag ska reda till en måltid här i natt. En måltid för mig och för kvinnan därute. En högtidsmåltid.

Jag öppnar skafferidörren. Det är underligt med svält; den föder inte bara hunger utan en sorts likgiltighet också, likgiltighet inför föda, inför stoppa i munnen, tugga, svälja. De senaste dagarna har jag inte drömt om mat någon gång. Jag hade liksom tappat bort det. Att gå verkade mer nödvändigt än att äta. Att bara jag går.

Men nu är jag kanske framme. Och nu tittar jag in i ett skafferi. Där står en bytta med råa potatisar. Några smörpaket ligger travade i ett hörn. Mjölpåsar, konservburkar, bröd som möglat i en plåtask. Jag väljer ut ett par potatisar. Står och håller dem en stund i handen, känner deras tyngd, deras form. Sedan tvättar jag dem i en skål och lägger dem i en kastrull med vatten som jag ställer på den heta spisen.

Jag dukar åt den gamla också. Vi ska äta kokta potatisar med smör och salt. Ingenting annat, jag vill att det ska vara en enkel måltid.

Min gamla drift att göra korstecknet lamslår mig för en stund så att jag bara blir stående, oförmögen att sätta mig till bords. Det händer mig i starka ögonblick, som nu. Att min hand vill göra korstecknet, att min hud känner tecknet, liksom märker ut det över ansikte, axlar och bröst. Och jag står alldeles stilla med det outförda korstecknet etsande. Och det är två frågor som varje gång fyller mig: varför vill jag göra korstecknet och varför får jag inte?

Medan tecknet ristar blundar jag, hårt. Sedan sätter jag mig ned på stolen. Tar en skållhet potatis ur grytan, skalar och skär den, placerar en smörklick i skåran, saltar lite och blundar igen medan de heta ångorna smeker över mitt ansikte. Det kommer tårar i mina ögon. De trycker sig upp genom mig och jag grips av ett sådant medlidande med mig själv och mitt liv och med kvinnan därute. All köld, alla steg, all vilsenhet.

Långsamt äter jag potatisen, med munnen skevande av gråt. Att sitta mellan väggar. Att ha en lampa tänd över bordet. Och värmen som sakta erövrar mig. Det är en sådan djup hemkomst. Också hon som ligger därute, hon som jag delar detta med, hur hon fyller min närvaro här med mening.

Hon står bortvänd i en vrå i ladugårdsdunklet. Det är tidig sommarmorgon och ett par solstrålar har sökt sig in genom det flugfläckiga lilla fönstret och lagt sig in en bit över golvet. Fast dit där hon står når det inte.

Djuren har hon nyss släppt ut på bete, hon har mjölkat och gjort klart. Det luktar mjölk och svagt, fint av dynga. I solstråken är det tätt av dammkorn som virvlar. Det är egendomligt svalt därinne, som levde lite sparad vinter kvar mellan timmerväggarna.

Hon står bortvänd i hörnet vid öppna spisen. Hennes händer rör sig innanför bluslivet. Hon rör vid sin kropp. Rör revbenen, kupar händerna för brösten, smeker upp mot halshålan, slingrar sig upp till nacken. Hon prövar försiktiga strykningar över skinnet. Och skinnet ropar, svarar.

Nu löser hon upp kjolen i midjan så att händerna får söka vidare. Nyfiket låter hon fingertopparna läsa kroppens form, alla kullarna, vecken, hålorna, alla linjer. Skinkornas fjun, lårens glatta insidor, venusbergets hårkrull och saften som plötsligt dryper varm och tjock mellan blygdläpparna.

Hon är djupt fången i sin gärning. För första gången erfar hon annat på de platserna där Knövel varit och nypt och petat. Som fanns ett annat liv, ett annat ljus där, under skammen och motviljan. Hon erfar med händerna sin kropp, det är en djup och klar spegelbild.

På ett sätt är hennes händer inte riktigt hennes. Och de är inte Knövels. De är främlingens händer och de gör hennes kropp ny och okänd. Under hans händer är hon orörd. Nu känner hon den obeträdda marken under sina fingertoppar och hur det ropar, hur det svarar.

Djupt inne i henne lever redan främlingens blick. Och nu har den lånat henne händer åt sig. Fast hon skrek visste hon att det var en god blick som fångat henne. Till och med var det nästan därför hon skrek. Det var en blick hon ville ha levande inom sig. I den skulle hon sedan överleva.

Ett finger försvann in i det våta och hon tvingade huvudet bakåt, hela kroppen i en båge. Hon tänkte ingenting. Bara förundrade sig. Dessa skamplatser. Och hur det också kunde vara. En sådan öppenhet. Beredvillighet. Stark och egen hunger. Det kunde finnas en lycka i saker hon inte vetat om. Ett stort rum att träda ut i.

Hon blir stående och luktar på sitt finger innan hon torkar av det mot kjoltyget. Sedan knäpper hon igen om sig, stänger in kroppen under kläderna. Hon söljer händer och ansikte i vatten innan hon går till arbetet i mjölkrummet. Tänker medan mjölken strömmar genom silen, att bara hon fick skymta hans ansikte igen. Se att det stämmer, allt som rörts till liv inom henne.

II
Kärleken

Luften var het av henne. Hans kropp tät, tung. Han kunde känna sina musklers glatthet under skinnet.

Varje steg han tog var i hennes blick; infångat, inramat. Hon gav form åt varje rörelse han gjorde. Han hade skymtat henne en gång, två gånger? Han hade hört kvistar brista under hennes fötter, sett grenar röras; föras åt sidan som man för bort hår från ögonen. Men han visade inte på något sätt att han märkte. Han rentav dolde det och lät henne ostört bespeja honom. Han lät sig gå fången i hennes blick. Och luften var het och hettade. Det var som ett bultande i markerna, ett inifrån kommande, ohörbart bultande; bergen, ljuset, landskapet som upplät sig i mil på mil kring dem – allt var med och förtätades. Att när han rörde sig, rörde sig även hon, fast hukande, smygande. Att när han var stilla, stannade även hon, fast gömd, osynlig. Och hennes blick som blev ramen kring världen och uppdagade den.

Det var en lek och Aron tyckte om den leken. Att leka med närheten, leka med längtan, med elden.

Men som dagarna gick blev det nästan för starkt. Och vissa dagar kom hon inte alls. Den ständiga uppmärksamheten gjorde honom matt och samtidigt retlig. Överallt sökte han hennes närvaro, sökte vittringen av henne som en hund med nosen i marken. Ibland fick han för sig att ödemarken gjort honom sjuk. Att han höll på att mista sitt förstånd härute. Eller om det var hon som var vansinnig och nu lockade honom med sig in i sin galenskap. Han tänkte på hennes skrik. Han kunde känna hennes rädsla ibland när han gick fången i hennes blick, känna den så starkt att han vart rädd för sig själv. Också för att det under hennes skrik fanns gömda andra skrik och bilderna av branden och syskonen med sina skräckslagna, vanvettiga ansikten: moderns skrik som skar, som piskade bilderna till strimlor i hans minne.

Varför smög hon på honom så här? Varför slutade hon inte med det? Det som varit en lek kom alltmer att likna en sjukdom. Aron tänkte att han måste få henne att sluta, få henne att visa sig för honom, ansikte mot ansikte. Vad ville hon egentligen se? Var det honom; bara se honom? Han, den brutne. Han, som sänkt sitt liv i vattnet som man sänker en kull oönskade kattungar, inknutna i en säck med tunga stenar. Han, som avhänt sig och som nu gick och vallade hästar i främmande trakt. Han, som kallade sig för Aron, som lät barnen begapa hans sjöhäst och som höll för öronen för att slippa höra hur det skrek nerifrån bottnen dit allt fått sjunka... Varför bespejade hon honom? Varför gick han här och brann och ville dricka?

Nej, aldrig hade han känt en sådan törst förut. Hon måste lockas ut ur smygandet innan allt blev fel. Och hon fick inte bli rädd, inte skrika, aldrig mer skriket som ställde honom själv mot honom själv och gjorde allt till sår.

Lurv hade hållit sig mest bland hästarna. Och det var ju väl. Han hade annars kunnat skrämma bort henne. Och Aron ville se hennes ansikte igen, han måste se henne igen.

I flera dagar grubblade han över hur han skulle bete sig. Till sist var det en tanke som slog rot. Han skulle låtsas skada sig. Falla omkull, skada benet, foten... Ligga kvidande i riset... Nog måste hon väl visa sig då? Om han gnydde, inte för högt, inte skärande, utan bara stilla, ömkligt. Han satt en hel kväll och bara målade upp för sig. Hur hon skulle komma fram till honom då. Huka sig ned över honom. Tala till honom. Hjälpa honom.

Han satt i sina drömmerier tills han sov och det vart natt och nästan mörker ett par timmar mitt i.

Nästa dag när han varit och räknat hästarna och hälsat på dem en och en som han brukade och sett igenom att de inte hade sår eller bölder, förberedde han sig. Han gick en bra bit undan från djuren och väntade. Han måste veta säkert var hon höll sig dold innan han föll. Och att hon verkligen var där. Det räckte inte med att bara känna blicken, han måste invänta ett säkrare tecken. Och än skulle hon inte komma, det brukade dröja till mitt på dagen eller längre, han hade förstått att hon hade sysslor, ganska många sysslor.

Så var hon slutligen där. Han kunde ana hennes steg och blicken som tog honom och gjorde honom het. Nu fick han inte svikta, han måste genomföra sin plan. Först måste de gå ett slag och sedan vila. Sedan gå igen. Så fick han tid att veta var hon höll sig undan.

Han gick. Det var inte lätt. Som att gå med en docka styrd av trådar. Varje benlyft måste tänkas ut, varje armsvängning, varje huvudvridning. Och att dessutom måsta hålla ordning på det hela så att det kom i rätt följd och verkade naturligt. Det var i själva verket inte alls svårt att falla, han fick kämpa för att hålla balansen.

Efter en stund kom han till en fin liten plats att vila på. En torrgran som fallit tvärs genom en glänta. Många gömställen åt henne lämpligt nära. Han slog sig ned på granstammen och sträckte ut sig, halvliggande på rygg. Himlen i en cirkelrund öppning därovanför. Som ett öga, tänkte han. En blick. Det gick ett par minuter, så hörde han ett lätt krasande alldeles i närheten. Som om hon trampat på en torr kotte.

Han låg kvar ännu en liten stund. Hjärtat arbetade våldsamt i hans bröst, det kändes svårt att andas. Yr och lätt illamående reste han sig och gick beslutsamt in i skogen där den stod som tätast. Han var tvungen att stanna efter bara några steg, det fanns en myrstack han kunde fästa ögonen på medan han samlade sig. Styv av spänning gick han sedan vidare. Han kände sig ganska viss om att hon var någonstans bakom honom och när han fick syn på en trädrot som krökte sig upp i en böj, lät han ena foten fastna under den och föll så framstupa.

– Aj! skrek han ofrivilligt. Det hade gjort ont på riktigt, farligt ont. Och marken luktade blod. Han tvingade sig att ligga still en stund och lyssna. Var hon där? Ingenting hördes, inga steg, inga kvistar som brast. Då lyfte han på huvudet en aning och trevade över näsan och munnen. Det var näsblod. En våg av skam sköljde genom honom. Fanns hon ens någonstans i närheten? Och ville han bli sedd nu, så här, med blod och jord och barr över hela ansiktet och skam och osäkerhet som brände?

Han reste sig grimaserande på armbågen och tittade bak mot fötterna och försökte vicka på dem lite. Den skarpa smärtan gjorde det nästan omöjligt att röra den högra, den som han stuckit in under roten. Idiot! tänkte han åt sig själv. Och hur skulle det nu gå med hästgetningen?

Blodet rann ur näsan. Han vred sig mödosamt över på rygg, smärtan i foten fick honom att stöna. Så pressade han underarmen mot näsborrarna och tryckte hela huvudet bakåt. Det sjöng i blodet som en sommarnatt med syrsor, en sommarnatt söderut där mörkret var mörkt. Det var som om han huvudstupa fallit ut ur hennes blick, ut ur världen som den hållit samman. Nu var det bara han; skammen pekade ut honom, naglade fast honom, borrade in honom i sig själv. Aron från ingenstans, Aron hästgetaren, förtrollad av den stora tysta ödemarken. Han ville spotta på sig själv där han låg. Och skratta åt sig själv. Och gråta.

Han förbannade sin dumhet, sin fördrömdhet. Att

han i flera dagar gått och trott – något så otroligt. Vart hade han förts i väg? Han som levt sitt liv närmast som en botgörare, stilla, enkelt, periodvis bortvänd ifrån allt utom bönen att han måtte bli förlåten trots att han förstört sitt liv, sparkat sönder livsgåvan som givits honom, spottat Gud i ansiktet –. Det satte i att rasa som en storm i honom och allting rörde den upp och slet med sig. Han ville be till sin Gud för att sansa sig men han kände att han inte hade modet. Och händerna kunde han inte knäppa för näsblodet som krävde hans arm. Bakom hans stängda ögon rusade nu bilderna om varandra och de var mörkröda som blod allihop och styrsellösa och svedda av skam.

Utan att vara medveten om det låg han och slängde med huvudet fram och tillbaka som om han ville undkomma något, undkomma bilderna, tankarna därinne. Och det hettade och sprängde bakom de hopknipta ögonen; skulle han börja gråta nu också, räckte det inte att han låg som ett fån med sin skadade fot? Räckte det inte att han tubbats till att falla av en hägring, en inbilsk dagdröm; att han gått och vaggats av sireners sång?

Nu sprängde tårarna igenom vallen. Han lade sig raklång på rygg och lät dem strömma. Och det var bara tårar som kom, ingen krystgråt, inget ljud.

När han så småningom hörde någon komma, visste han att det inte var hon, utan Lurv, hans gamla hund som fått vittring på olycka. Med slutna ögon tog han emot hundens bekymrade hälsning, den tunna, mjuka tungan for över hans tårblöta, nedblodade ansikte.

— Goddag på dig hund, viskade han nästan ohörbart. Det är ingen fara med mig. Men nu får du nog sköta hästarna ensam. Din husbonn är en dåre, förstår du.

Han klappade hunden lite och reste sig på armbågen och torkade ansiktet med skjortärmen. Lurv hade satt sig tätt intill honom och höll med bister min uppsikt över omgivningen. Aron tvang sig upp i sittande och försökte så försiktigt han någonsin kunde att få av sig högra stöveln. Han måste skrika högt innan det var gjort. Stövlarna satt trångt och foten hade växt och han tvangs att vrida vristen just där det smärtade som mest. Nu låg stöveln i riset och Aron var blöt av svett.

Foten var illa svälld, det var den. Han prövade att röra på tårna, en i taget. Ont gjorde det, men tårna rörde sig lite iallafall, det var nog inget som var av.

— Lurv, sa Aron tomt. Vad gör vi nu –? Om du varit en klok hund hade du sprungit och hämtat packningen åt mig. Eller brutit mig en stadig käpp.

Hunden gav honom en medlidsam blick och återtog sin vakthållning.

Aron reste sig med hjälp av trädet, trädet vars rot han så förblindat stuckit foten under. Han stod upp en stund och lät världen gunga. Sedan petade han till Lurv och pekade på stöveln på marken.

— Den tar du, sa han och sköt en spottstråle på skaftet.

Med stor möda hoppade han sedan iväg mellan träden. Det blev en färd i många etapper. Han bröt sig en kraftig stav så att han kunde känna sig för före varje hopp. Och få lite stöd. Men där det var myr gav marken efter och där det bar uppför var det svårt att få fäste. Han kom inte fram till sin lägerplats förrän långt fram på kvällen.

– Duktig hund, flämtade han åt Lurv som burit hans stövel hela vägen. Nu får du springa och se till hästarna. Hästarna, Lurv!

Och hunden gav sig av. Aron lade sig ned och slog en filt omkring sig. All upprördheten under dagen hade lämnat honom tom. Han drogs in i en orolig slummer och vaknade ibland ur något som knappast kunde kallas sömn. Mer en oro, en fångenskap i inre oro. Tankar som han inte ville tänka, bilder som han inte ville se. Fast ibland kunde han för ett ögonblick slitas djupare in, in i ett flöde av bilder som rörde sig snabbare än hans tankar. Där kunde han förnimma virvlandet, det tyngdlösa virvlandet. Där var han i ett fall som inte upphörde. Och så väcktes han. Och de ändlösa orosfälten måste passeras på nytt. Och han måste på nytt känna hur elakt det molade i foten när han ville kasta sig och vrida sig undan bilderna. Den onda slummern släpade ständigt fram honom i skottgluggen. Skammen avlossade ständigt sina skott. Att han kunde vara så skyddslös! Att inte sömnen kunde bära bort honom!

Fram på morgonen, när solen redan börjat värma på taket av granris, befriades han i verklig sömn. Då föll han ur sitt grepp och fick färdas några timmar i ett vidare rum.

Det var förmiddag när han slog upp sina ögon. Himlen hade gömts i en ljusgrå filt och det luktade regn. Han låg en stund och stirrade upp i taket medan gårdagen gjorde sitt olustiga återtåg i hans sinne. Med en tung suck drog han upp sig i halvsittande och blev då varse ett knyte av ljusbrun väv som låg alldeles intill honom. Han stirrade en god stund på det medan tankarna trevade rätt på varandra. Så satte han sig spikrak, tog knytet mellan händerna och bara höll det.

Var det någon som varit med skaffning åt honom på morgonen? Nej, det var det inte, de hade varit dit för en vecka sedan, knappt. Och det här knytet var av annat slag, det var mjukt och litet. Han satt och bara höll det, hårt. Fingrarna tryckte sig in i tyget som klor som slutit sig kring ett byte.

Inne i knytet låg det lindor och en liten näverdosa med smörjning av någon sort, ja, salva, en liten dosa med salva.

Aron lade sig ned igen. Han placerade knytet över ansiktet och tryckte händerna över. Glädjen sved i honom. Hård och stark rörde den sig över den flådda marken så att han måste skydda sig mot den.

Det sårade dig att jag var rädd. Du ville att jag skulle lita på dig.

Vi var ute i Hohaj och vandrade tillsammans. Det var just före älgjakten, någon gång i skiftet mellan augusti och september. Vi var trötta och du tyckte vi skulle ta en genväg över en myr. Det var en vidsträckt myr, slät, trädlös. Vi satt och såg ut över den från skogskanten, du hade kartan utbredd över knäna, tittade ömsom ned i den och ut över myren.

– Det finns en väg här på östra kanten som inte ser så sank ut, sa du. Då blir det bara två kilometer ut till vägen.

Jag sa ingenting. Jag önskade att jag inte följt med på den här vandringen. Jag var rädd. Och i rädslan grodde raseriet. Att du var en sådan idiot. Att du alltid skulle släpa ut mig på vanvettsturer bortom alla leder och stigar.

– Det finns en väg, sa du.

– Jag vet hur dina vägar brukar vara.

– Ja, men den här är bra. Titta på kartan får du se!

Men jag tänkte inte titta på kartan.

– Titta på myren i stället, sa jag. Jag vill gå den vanliga vägen. Och det där är förresten ingen myr. Det är en flark. Jag vill gå på fast mark även om det är dubbelt så långt.

Du vek ihop kartan och stoppade den i fickan. Du sa att du inte tänkte gå samma väg tillbaka. Du ville hitta en ny väg.

Vi reste oss och släckte elden under tystnad. Djupt inne i mig skälvde vingen av ångest. På ett ögonblick kunde den förvandlas till en stor, flaxande fågel.

– Kan vi inte gå genom skogen! bad jag.

Du tittade på mig från sidan, ett snabbt ögonkast.

– Jag vill att du ska lita på mig, sa du.

Ditt ansikte visade, att nu var det inte bara här och nu, nu var det inte bara den här myren och den här vandringen. Vi hade kommit in på ett bredare spår, en större berättelse där den här episoden bara var en liten obetydlig del.

– Hur ska vi kunna leva tillsammans om du inte vågar lita på mig? fortsatte du.

Vi började gräla. Du ville inte lyssna till mitt tal om att ta hänsyn till min rädsla eller till mina ondgörelser över din våghalsighet.

– Det handlar inte om hänsyn, sa du med förakt. Det handlar om kärlek. Hur ska jag kunna tro på att du älskar mig, när du inte ens litar på mig? När du tror att jag vill leda ut oss på en flark? Jag kan läsa en karta, och det vet du. Vi kommer inte att gå ned oss på den här myren.

Jag var liksom stel och tung av motstånd.

—Dra inte in kärleken i det här, sa jag lågt och distinkt.

—Nä, nä, sa du irriterat. Det finns väl ingenstans egentligen, där du tycker kärleken ska dras in. Iallafall inte din. *För den finns inte!*

De sista orden skrek du ut, samtidigt som du med kraft sparkade en gammal stubbe till flisor.

Nu övergick grälet mest till ömsesidiga förbannelser och rena svordomar. Det självdog efter en stund och vi blev stående tysta.

—Du litar ju inte på mig heller. Du litar ju inte på min kärlek, sa jag efter ett slag.

—Nej, hur fan ska jag kunna göra det, när du aldrig visar den!?

—Tack. Tack för de orden! Jag tog några steg bort och vände ryggen åt dig.

—Ja, varsågod. Om du bara visste hur du har sårat mig genom åren. Sårat! Fattar du det? Och till slut blir det för mycket, till slut orkar man inte ta fler avvisanden.

—Så det är ett avvisande när jag inte vill följa dig över myren? Är det så du menar?

—*Ännu* ett avvisande.

Det blev paus igen.

—Men jag ber dig ju. Kan du inte gå den vanliga vägen med mig?

—Och jag ber dig. Snälla, lita på mig för en gångs skull och följ med över myren.

—Jag vågar inte! Jag vill inte! Jag tror att du har

missbedömt kartan. Det måste ju finnas någon anledning till att det inte går några stigar just över den myren!

Jag halvskrek ur mig alltihop. Sedan började jag springa åt det håll där stigen genom skogen borde gå. Jag hörde dig ropa efter mig, men jag bara sprang utan att vända mig om, du fick skrika vad du ville, aldrig att jag tänkte gå någonstans med dig mer, jag hatade ditt ansikte, dina ilskna stickiga små ögon, din närhet, din tjockskallighet.

När jag sprungit en stund förstod jag att du inte försökt springa efter mig. Jag stannade och kände tystnaden kring mig som en vägg. Det var bara jag nu. Du hade låtit mig löpa rätt ut i skogen utan att försöka hindra mig, fast du visste hur rädd jag var. Nu hatade jag dig för det också. Att du övergett mig. Och jag som inte ens hade någon karta. Jag började rota i ryggsäck och fickor för att se vad jag verkligen hade. Ha! Där var bilnycklarna, bilnycklarna hade jag. Och tändstickor, morakniv, tomma smörgåspaket och ett äpple.

Det var svårt att bedöma hur långt jag sprungit i den första ilskan. Och om jag hållt rätt riktning. Nu försökte jag orientera mig med solens hjälp medan hjärtat jagade dödsförskräckt i bröstet. Tystnaden var tätslagen och när den ibland sprack upp i något knakande, knäppande eller frasande läte i närheten, blev den än mer hotfull. Nu var jag utlämnad åt detta. Jag gjorde en snabb och verkligt summarisk bedömning av väderstrecken och började åter att springa. Jag hade inte ro, inte mod att gå. Dessutom var eftermiddagen långt liden och det var nästan en halvmil ut till vägen.

Få saker är lömskare än stigar i skogen. Där vimlar av stigar – och stigar. De flesta har djuren gått upp och de leder inte till människors vägar utan till vattenhål, till saftiga beten, till legor, lyor och iden. Jag spände synen för att utröna: är detta en djurstig, en människostig, en blindstig. Det är lätt att drabbas av synvillor när man irrar i skogen, man kan se stigar som inte finns ringla en väg mellan träden. Och ivrigt följer man sin nyfunna stig, tills dess man upptäcker att man traskar genom blåbärsriset bara, att det inte går att hitta tillbaka till utgångspunkten ens.

Jag irrade från den ena stigen till den andra, alltför uppjagad för att tänka klart. En orre brakade upp alldeles framför mig en gång, en annan gång var det en dalripa. Det var som om jag sprang bara djupare in i min egen skräck, jagad av något jag inte visste vad det var. En bra bit ned i mellangärdet satt du som en sten, trängande, skavande. Allt vad du vräkt ur dig i grälet avvisade jag med min vrede; den kan vara som en hand som i en vid rörelse motar bort allt oönskat, som koncentrerar sig på sitt. Ändå fastnade bitar av dina ord på mina händer, klibbade mellan fingrarna, gjorde sig påminda. Älskade jag inte dig? tänkte jag. Var det sant som du hade sagt? Nej, du förstod ingenting, du förstod inte *mig*! Men älskade jag dig? Kunde jag svara på det, fanns det ett svar på den frågan? Varför kändes det som om en avgrund öppnade sig under mig när jag jagade efter svaret? Det fanns inget svar! Det gick inte att veta! Jag hade valt dig, var inte det svar nog? Av alla hade jag valt dig, en röst i mig som en gång sagt: den mannen ska bli far till mina barn. Räckte inte det? Och kärlek, var det att gå över gungfly med dig, att ständigt följa dig på dina turer över gungfly, dina lekar med döden, din besatthet, ditt vildsinne? Du brukade anklaga mig för feghet, tråkighet. Men jag kände inget behov av att utmana livet på duell, att retas och tetas med ödet. Det räckte så bra ändå. Älskade jag dig? Eller var det ett fruktansvärt misstag, allt, allt mellan oss; en blindväg bara, som ingenstans ledde.

Plötsligt befann jag mig inte i skogen mer. Jag stod på en väg. Men det var inte en väg jag kände igen. Den såg ut att vara nybruten, dikena var djupa och marken kring dem sargad. Där låg uppbrutna rötter, stenbumlingar och trädrester kringslängda mellan rallarrosorna som blåste ut sina frön i vinden. Man kunde se på träden i skogskanten att de inte var vana att stå så här öppet, de hade stått tätt, de var präglade av andra träd som nu var borta. Och vinden, den forsade strid i denna tunnel i landskapet.

Det var redan länge sedan jag tappat alla väderstreck. Med en djärv gissning avgjorde jag att vinden blåste från väster, ja, solen stod ju i den riktningen också; det var en norgevind, en atlantvind som gått över fjällkedjan och blivit övermodig. Nu rev den ullfröna ur rallarrosorna så att det yrde och jag började hastigt att gå med denna vind i ryggen, springa orkade jag inte.

Jag försökte på olika sätt intala mig själv att inte vara så ynkligt rädd. Människor hade ju levt i de här skogarna i hundratals och tusentals år. Små barn gick här för bara några decennier sedan och getade kreatur. Vad var jag så rädd för? Skräckungarna vakade med blinkande ögon i mig, fast de inte gitte pipa mer. Kanske var det skogens öppenhet som skrämde, en öppenhet så stor att den inte kunde överblickas, som levde överallt i skrymslen, i det dolda och oväntade. Att allt fanns och kunde finnas här. Jag fick den tanken, att det som skrämde mig mest i skogen, var jag själv, att möta mig själv härinne i de underliga rummen som öppnades upp. Möta mig själv och – inte känna igen mig. Vilse med håriga tassar, med huggtänder. Eller brunstig, liderlig. Eller insmord i blod och pälstussar. Det öppna som allt det som också är jag. Att det trängde sig på mig här.

Successivt hade mina ögon vant sig vid det avtagande ljuset. Det höll redan på att skymma när jag i ett hugg insåg, att nu var dagen slut. Och jag hade ingen aning om var jag var, vart jag gick. Jag var vilse. Vägen kunde mycket väl föra mig till ett timmerupplag mitt i skogen och den kunde mycket väl ha löpt i mil för att nå fram dit. Skräckungarna satte i att skrika och jag sprang igen, som ville jag springa ifrån dem. Jag tänkte på dig. Om du tagit dig över den där myren nu. Om du insett att bilnycklarna låg i min ficka i samma stund du fick syn på bilen. Om du letade efter mig. Om du... om du inte ångrade nu. Jag sprang och gnydde och snörvlade efter vägen, i varje krök och backkrön lika rädd att den bara skulle ta slut. Och jag skämdes. Skämdes över oss, att vi var som tjurskalliga barnungar. Mest du, mest du, ekade jag i stegen.

Till sist, långt där framme efter ett nedförslut, såg jag en vägbom fälld över vägen och en annan, äldre väg som korsade.

Och nu kände jag ändå igen mig, nu visste jag var någonstans jag hamnat. Det var en stickväg upp till en ödeby, ingen väg som människor åkte, åtminstone inte så här på kvällen. Jag blev stående en stund vid bommen och försökte bringa ordning i mina tankar. Det var säkert en halvmil ut till allmän väg och två, tre kilometer upp till ödebyn. Och dit upp ville jag inte. Det var en skrämmande plats med mörker och sorg strömmande ur fönstren på de övergivna gårdarna. Vi hade varit där tillsammans, du och jag, ett par gånger. Sett husen stå upp och sova som gamla hästar. Att de tänkte stå och sova så, tills de en dag rasade ihop. Och så grånade gungställningar, grånade torkställningar för tvätt, grånat hässjevirke. Invid en lada en strandad traktor på knä i hallonriset. Människornas frånvaro var så stark däruppe, att man tyckte sig höra den som en stämma, en tung, förbittrad ton, en kör av tystnad utmed bygatan.

Men en halv mil i mörker ut till vägen. Det kunde jag inte heller. Jag ville inte möta nattens djur, det var inte min plats, inte en människas plats. Vi människor är ljusdjur. Vi har inte ens ett namn på den näsans blind- och dövstumhet vi lever under. Men var fanns min plats? Var fanns mitt folk, min flock? Bommen som jag stod och lutade mig mot, var ju ett slags länk, men ynklig. Jag visste att det låg ett öde torpställe ett par hundra meter bort efter vägen upp mot byn. Och det fanns ingenting annat jag kunde göra, än att söka mig dit över natten hur tanken än skrämde.

Jag lämnade bommen och kastade mig ut i intet igen. Åter sprang jag. Ganska snart kom jag till den smala kärrvägen in i skogen till torpet. Innan jag vek av där krängde jag av mig ryggsäcken, plockade ur äpplet och tändstickorna och hängde den i en gren så att den skulle synas ifrån vägen. Det var min enda trygghet, tanken att du var ute och letade efter mig, att du sökte mig. Fast jag uppenbarligen gått åt helt fel håll, rätt åt norr i stället för åt sydost, ville hoppet inte vika, att du sökte mig efter alla vägar.

Boningshuset ville jag inte ens titta på. Det stod där i halvmörkret med dystert förspikade fönster, liksom förseglat. Nedanför, i slänten, stod den fallfärdiga ladugårdslängan. En dörr mitt på hade fallit av. Det tog emot att gå in i mörkret. Jag tvekade en god stund, knäppte händerna hårt och slog pannan ett par gånger mot dem. Sedan drog jag ett djupt andetag och steg in.

Det visade sig att det fanns som en liten kammare innanför själva ladugården. En liten kammare där någon bott för länge sedan och som övergivits som den stod och var. Där fanns en säng, mitt på golvet ett litet bord och så en massa föremål som inte gick att urskilja i mörkret.

Om du varit där hos mig den natten hade jag inte varit rädd. Det tänkte jag där jag låg, hopkrupen på några styva säckar i den smala sängen. Nu var jag rädd. Jag var rädd för mörkret som hade det haft händer som grep efter mig, rädd för mörkret som för en stor oformlig kropp som ville genomborra mig.

Det blev en lång natt, givetvis. Ibland sov jag kanske, men så lätt att jag trodde mig vara vaken. Jag inbillade mig aldrig att någon skulle bryta sig in hos mig i den lilla kammaren. Och vem skulle förresten göra det? Nej, jag var inte rädd vare sig för björn eller människa; det var mörkret, platsen och min känsla av fullständig ensamhet. Jag höll mig absolut stilla i den vingliga bädden, låg och höll mig fast.

Gryningen kom med sitt gråljus, sitt ångestgråljus; den kom på mjuka vargtassar och tecknade suddigt upp rummet jag tagit min tillflykt till. Bordet mitt på golvet var överdraget med spindelväv och damm; olika rester och bitar som fallit ned över det genom åren. Under detta täcke av år, dagar, minuter – skymtade en kam, en kopp, kaffefat, små burkar. Obegripliga ting, som överlevande i en utplånad stad.

Allt inne i kammaren framstod i gråbrunt och allt höll långsamt på att glida in i vartannat och bli likadant, bli samma. Som om tingen under den halvgenomskinliga väven av tid och bortglömdhet sakta suddades ut. En gammal rock med stora hål i tyget hängde på en spik på väggen. I en vrå stod flera par stövlar, styva av ålder, lädret förbenat i de veck och vågor det formats i av den länge sedan försvunne ägaren. I små högar här och var låg saker kringslängda, saker som nästan inte gick att urskilja: en hatt i upplösning, ett emaljerat nattkärl som rostat så att det föll isär när jag snuddade vid det. Allt var egendomligt sprött och bortvänt.

Jag rörde mig varsamt genom kammaren i morgonljuset. Jag väntade på morgonen, den riktiga, tveklösa morgonen då jag skulle kasta mig ut under himlen, undan dessa underligt nynnande spår och tecken som omgav mig. Hungern fick min mage att ursinnigt kasta sig över det stackars äpplet som jag tuggat i mig och förvandla det till upprörda gaser. Jag kunde höra tarmarna jämrande vrida sig i min buk. Jag längtade efter dig så att det gjorde ont. Under natten hade jag flera gånger bett till Gud att du skulle hitta mig. Ibland fångades jag i avgrundssyner som nästan kvävde mig. I hårda, obevekliga bilder såg jag hur du gick ner dig ute på den lömska myren, hur dina händer sökte ett fäste, hur du sögs av flarken, djupare in för varje sprattlande benrörelse. Då hörde jag min egen röst som var den någon annans, en främmande röst som kvidande viskade nej, nej.

Sakta växte ljuset i det flugfläckiga lilla fönstret. Jag fick syn på dig redan innan du nått fram till det igenspikade boningshuset. Din gång, dina steg, hur du rörde dig mellan träden. Sedan ditt ansikte när du kom närmare, ditt, ditt, ditt ansikte, nu såg jag det utan förtecken, utan hinder, och det slog rätt in i mig som en vind, som ett orgelstycke. Jag kunde inte röra mig, inte springa dig till mötes. Tårar sköljde mitt ansikte i en hastig, het flodvåg, jag satt och väntade på dig, stum av en nästan obärbar glädje.

Ett litet ögonblick senare stod du i dörröppningen in till kammaren. Du fyllde upp hela utrymmet, du var så stor, så överväldigande. Innan du hann fram till mig hade jag gripits av en plötslig blygsel. Sedan kringslöts jag av dig. Dina tårar rann ned utefter min nacke, det fanns som en skälvning i dig, du var i ett skalv, marken hade brustit under oss båda.

– Jag har letat efter dig hela natten, viskade du. Jag har kört och gråtit och gått ut och ropat och kört och kört varenda väg i hela förbannade Hohaj. Till slut satt jag vid ratten och bara skrek. Jag bara skrek.

Dina händer knöt sig kring mina armar, jag kände hur du skakade mig samtidigt som dina läppar oupphörligt kysste min hals och mina axlar.

– Hur i helsike kunde du hamna här? fortsatte du. Å, jag har varit så orolig, så rädd. Jag tvingade en gubbe att låna ut sin bil åt mig borta i Krokmyr. Han ville inte först, men jag skrek åt honom, jag skrämde honom. Han blev rädd för mig och kutade in efter nycklarna.

Jag fick inte fram ett ljud. Skalvet var i mig också, som en frossa. Vi slet oss lösa ur omfamningen och stod och såg på varandra. Du torkade tårar ur mitt ansikte, vi var uttryckslösa, tomma. Jag lutade min panna mot ditt bröst.

Hon vågar sig ända fram. Det är första gången hon kommer honom så nära. Nu hör hon honom andas.

Han sover tungt. Hon kan förnimma hans sömn i sin egen kropp. Alldeles vägg i vägg. Intill sig.

Hunden är inte där. Och det spelar för resten ingen roll. De är vänner nu. Inna har lätt att bli vän med djur. De är tydliga, de kräver aldrig mer än sin rätt, hon vet hur hon ska svara dem.

Den främmande ligger utsträckt i sin sömn inunder skyddet av granris. Han ligger på rygg, lite snett, med det onda benet lätt böjt över det friska och ena armen i en krok över huvudet. Filten har han kastat av sig. Den skadade foten är blåröd och svullen. Hon sätter sig försiktigt på huk vid fotändan och lägger det lilla knytet intill honom. Andlös blir hon sittande kvar sedan. Att se på honom.

Det är en glipa mellan byxorna och den grå tröjan. Där ser hon hans navel och ett fint band av hår som börjar alldeles nedanför naveln och fortsätter över buken, in under byxtyget. En tunn, ljust brun rand av hår.

Hon ser ut över honom, som över ett landskap. Andningen går i honom, tung och långsam. Han tycks stor där han ligger, ofantligt stor. Armarna och benen verkar mycket långa.

Samtidigt är det som ett stort lugn som stiger ur honom. Han är en annan än hon. Så tänker hon. Och det är en kraft i det. En mäktighet. Inna känner hur det drar i henne, hur han drar i henne, drar henne till sig. Hon håller sig fullkomligt stilla. Tänker, att hon aldrig sett något vackrare än detta. Aldrig. Trollbunden sitter hon och ser ut över honom, dricker honom. Glipan mellan tröjan och byxorna. Navelns mörka blick. Och den tunna randen av hår. Hon skulle vilja gömma sitt ansikte där, bara låta det sjunka ned i den mjuka huden, in i hans lukt.

Och hans ansikte. Det stilla sovansiktet med sina precisa veck och fåror i vila. Det ljusa håret på huvudet är tovigt, hon skulle vilja reda ut det, varsamt med sina fingrar. Hans mun är lite öppen, ibland snarkar han till. Hon ser drömmarna rista hans kropp i små lätta kramper och ryckningar, som en orosvind över ett vatten. Sedan stillnar han, så förtroendefullt, så ömsint, som hade han i drömmen därinne hittat tillbaka till det mjuka bröstet, fyllts upp med mjölk och kommit till ro.

Inna fångar på nytt in hans kropp med blicken. Den är lång, slät, vidöppen... Så olik hennes egen, så självklar utan alla veck och hemligheter. Plötsligt vill hon nästan gråta, som av saknad, en obändig, hård saknad. Han är ett land och hon vill bo i det landet. Men hur kommer hon dit, hur hittar hon öppningen in? Han är så nära henne nu. Allt hon behöver göra är att sträcka ut sin hand. Hon kunde lägga sin hand över hans navel, mitt i tygglipan, rätt på den nakna huden på hans mage. Hon kunde hålla hans lugna, blundande ansikte mellan sina händer och blåsa på det lite lätt. De skulle kunna vara obegripligt nära varandra. Omfamnade, inneslutna i en och samma lukt. Fast nu vrider han sig lite på bädden, kastar med huvudet, gnyr och ändrar ställning. Inna håller andan, beredd att fly. Men han halas in av sömnen igen.

Han har lagt sig lite på sidan. Tröjan har åkt upp ännu mer under honom. Hon ser hans svank, hans midja. Upp över hennes ansikte stiger rodnaden som en feber, med varje fiber i sin kropp åtrår hon honom, med varje nerv. Samtidigt fyller henne vissheten, att det hon nu gör, är djupt förbjudet. Han är så skyddslös inne i sin sömn. Och hon utnyttjar hans skyddslöshet och leker att han är ett djur, ett underligt sovande djur och ingenting mer. Hon vet att inne i sin sömn kan han inte värja sig mot henne. Hon har honom. Hon har tagit honom utan lov. Och det är en otillåten lockelse i det som hon inte kan stå emot. En vild sötma.

Varsamt lägger hon sin hand över knytet hon lagt intill honom. Hon vill fylla det också med sin längtan, sin åtrå, allt hon rörts av denna morgon. Beröringen nästan bränner henne. Hans andnings rytm går igenom knytet, ut i hennes hand.

Överraskad rycker hon undan handen. Det bultar i

den. Ett ögonblick betraktar hon sin hand, smeker över den, håller den. Sedan reser hon sig och smyger försiktigt bort från platsen. Solen står högre på himlen än hon tänkt sig. Utom hörhåll från honom börjar hon springa, skutta, krumbukta sig. Som en virvel landar hon, röd och flämtande av ansträngning, på tunet på Nattmyrberg.

Det första hon ser är Knövel, som på sitt hukande, sneda vis irrar kring på gårdsplanen. Kvickt, innan han upptäckt henne, tar hon sig i skydd av skogen runt till fähuset och smiter osedd in från baksidan. Säkert har han redan varit där och sökt henne, det bryr hon sig inte om. Hon låter morgonsysslorna skydda hennes tankar. Lutad mot den enda kossans stinna buk är hon hos den främmande igen. Hon har lagt sitt huvud på hans vita, mjuka mage, kinden stryker sig mot skinnet.

– Var i helsicke har du hållt hus? fräser Knövel när hon kommer upp.

Hon fångar hans blick under de sänkta, borstiga ögonbrynen, prövar den.

– Jag såg till näten, svarar hon blankt. Det blåste upp i natt, hörde han inte det?

Knövel vill klappa till henne. En sådan bedrövlig lögn att komma med.

– Blåst upp! spottar han fram. Du skulle ha för "blåst upp"!

Men rädslan. Detta som hänt sedan den gången Inna for och sålde ostar. Att just som han nästan är framme, just som raseriet ska till och ta gestalt och klippa till, viker det undan en aning och så får han inte fatt det igen. Det bara vill sig inte.

Även den här morgonen tappar ursinnet riktningen, viker av, villar bort sig.

– Försök inte, muttrar han. Och så reser han sig häftigt från stolen och går ut.

Inna sitter kvar, stel av skräck, och lyssnar. Hon är inte rädd för att bli slagen. Inte själva slagen, inte smärtan. Det är vreden, maktlöshetens vrede, som skrämmer henne.

En morgon hör han henne komma. Det är tidigt. Han hade vaknat till ur en dröm och hörde alldeles kristallklart, så där som man gör när man vaken tror att man sover, en kvist knäckas i ett oförsiktigt steg. Hennes steg.

Hon hade annars inte märkts av sedan hon lade det lilla knytet hos honom och det var flera dagar sedan. Aron bestämmer sig snabbt för att spela sovande, bespeja henne med stängda ögon.

En ensam småfågel sjunger entonigt. Det är länge sedan slut på den stora fågelsymfonin då lätena som en fintrådig, tätslagen väv täcker småtimmarna. Nu hörs tystnaden och varje fågel för sig.

Han skärper hörseln. Visst är hon väl där? Han kommer att tänka på Lurv som brukar ligga vid hans fotända, i öppningen till vindskyddet. Och nu hör han hunden, de typiska, nöjda pratljuden han ger ifrån sig när man klappar honom. Aron skärper hörseln ytterligare. Om det bara inte susade och lät så inne i hans huvud skulle han kunna uppfånga mer. Är det hennes andhämtning han hör? Hon måtte sitta där och klappa Lurv, han uppfångar nu det vaga prasslet av hennes närvaro. Ja, nu är hon där. Och förmodligen tittar hon på honom, Aron tycker sig känna det. Han måste sucka, för att någonstans göra sig av med sin andning. Det kryper i honom av lust att röra sig, avbryta, störa den obegripliga akten. Om han öppnar ögonen, flyr hon då? Det vet han ju. Hon sitter där, i tron att han sover. Och kanske har hon gjort det många mornar. Tittat på honom när han legat och sovit. Bekantat sig med hans ansikte, med hans sovande kropp – och med Lurv. Han undrar om han inte borde bli arg på henne. Att hon smög på honom när han var vaken var ju en sak. Han hade ju känt det, känt hennes blick som man känner solvärmen en januaridag, svagt och starkt på samma gång. Men när han sover. Att hon utforskar honom när han ligger och sover –. Får man göra så, frågar han sig. Är det rätt?

Jo, hon är kvar. Han kan fortfarande i sitt mörker fånga de små tecknen på hennes närvaro. Har hon inte suttit där en evighet snart? Aron känner att han snart inte står ut med att låtsas sova längre. Hans kropp är som i uppror; andningen, nerverna – ja, enbart det att hålla ögonlocken slutna kräver all hans viljekraft.

Nu slår han upp ögonen. Tänk så litet det är, så futtigt, bara släppa upp ögonlocken, ingenting mer, och ändå så stor skillnad, så avgörande. Han hinner fånga en bild omedelbart. Hon sitter på huk och ser rätt på honom, hennes ena hand vilande på Lurvs nacke.

Men bilden går genast sönder. Hon har rest sig, hon är på väg bort.

I samma ögonblick far Aron upp ur bädden och innan hon hunnit fly sin väg står han intill henne med sina händer i ett grepp kring hennes handleder, han begriper inte själv hur det gått till. De tittar på varandra nu, hennes ansikte i skräck.

– Du får inte vara rädd för mig, säger han med den lugnaste röst han kan uppbringa. Och han fortsätter, ytterst långsamt: Säg mig bara vad du heter, jag måste få ett namn på dig –

Hon sliter för att komma ur hans grepp, fortfarande finns bara rädsla och flykt i hennes ansikte.

– Jag heter Aron, säger han lågt. Aron. Om du vill kan du titta på medan jag lindar upp bindorna du gav mig. Och smörjer in min fot.

Nu kommer ett stänk av nyfikenhet i hennes blick. Nu ser hon på honom i stället för bort från honom.

– Vad heter du? envisas han. Att han avslöjat henne så här har gjort honom modig.

– Släpp mig, viskar hon.

Han släpper greppet om hennes handleder. En kort stund ser de på varandra, sedan tumlar hon ett par steg bort.

Aron linkar in under vindskyddet och sätter sig och lindar upp tygremsan kring foten. Hennes blick på honom när han slog upp sina ögon. Han ser den för sig. Det var en skamlös blick. En blick som tog för sig. Han försöker låta bli att se på henne nu, försöker koncentrera sig på foten. Men han känner att hon står kvar, att hon säkert iakttar honom.

– Foten är bättre nu, säger han rätt ut i ingenting. Jag tror din salva gjorde gott.

Han fortsätter att inte se efter henne. När foten kommit fram ur lindorna, masserar han den lätt. Den är fortfarande svullen, annars ser den bra ut. Omsorgsfullt virar han lindorna till en rulle. Sedan letar han fram den lilla dosan med salva, smörjer foten och lindar om den på nytt.

– Så..., säger han kort och låter för första gången under hela proceduren blicken färdas ut en bit, på jakt efter henne.

Och där står hon, lutad mot en björk, närmare än han trott. Och iakttar honom. En skjuts av hetta går genom hans kropp, hela vägen upp i ögonen. Hennes ansikte, nu när han äntligen får se på det, berör honom så egendomligt. Det verkar så bekant, så innerligt nära honom själv, på samma gång som det är främmande, liksom oläsligt. Det tycks på något vis stort och avstickande. Och det berör honom, nästan till skam. Hur kan det komma sig, att varje djupt igenkännande tycks rymma en kärna av skam?

– Du kan titta på mig, kämpar han ur sig, även när jag inte sover. Det är bättre. Jag tycker att det är mycket bättre.

Hon svarar ingenting. Men hon ser ut att pröva ett litet leende eller något mot honom, innan hon hastigt och utan ett ord ger sig av ifrån lägerplatsen.

Hon heter Inna. Jag har begravt henne idag. Begravt henne i snö.

Allt är spår. Det finns ingenting annat. Spår av tassar. Av berättelser. Medan jag går här i hennes lämningar, grävs jag in i mitt eget liv. Det är som snö. Skikt på skikt. Man kan iaktta snön i genomskärning i de skottade gångarna om man skär rakt ned efter kanten. Man kan se att det inte är ett sammanhängande täcke av snö, utan lager lagda på lager, en del tunna, andra tjockare. Och på ytan av varje sådant lager, en liten berättelse. Att det varit blidväder, eller stark blåst; rudiment av en berättelse.

Längre ned mot marken är snön prövad och kristallerna mer komplexa. När den fram i vår börjar brytas ned av solen, kommer det översta, okomplicerade lagret att tina först, därefter snön mellan de olika ytlagren. Till slut kommer bara de prövade, berättande ytskikten att finnas kvar, lagda uppe på varandra i tunna skivor, som skifferplattor.

En människas inre är ett slutet system, ett kretslopp; det finns ingenting som går till spillo. Mitt livs all snö ligger i skikt på skikt, lever som bergarter i mig i långsamma förvandlingar. Jordskalv djupt i det undre, magma som pressas upp och stelnar, tryck, hetta. Inuti är vi alla berg. Vi känner bergets sömn som vi känner minnet i oss. Det finns minnen som får tina, som får rinna bort med smältvattnet, som får lösas ut till grundvatten nere i ådernäten. Andra minnen hårdnar, får en skorpa, bildar skal.

Jag har ett mycket egendomligt minne om minnet. Jag var ett litet barn. Jag låg på en säng och höll ett knippe minnesbilder i handen.

– Nu låter jag alla de här minnena fara, tänkte jag och släppte alla utom ett. Nu låter jag dem fara, men behåller det här.

Ett minne hade jag kvar i handen, en minnesbild. Och jag tänkte, det här ska jag aldrig glömma, och när jag minns det ska jag också minnas det som händer nu. Att där fanns andra minnesbilder, men som jag släppte åt glömskan.

Och så blev det också. Jag minns ännu alla detaljer i den kvarhållna minnesbilden. De andra, som jag släppte, vet jag bara att jag glömt. Att de funnits och glömts. Att de finns som minnen av minnen, finns som minnen av glömda minnen.

Men Inna. Det gick inte att rubba henne där hon låg. Hon hade fryst fast i marken. Och hinken höll hon ännu. Jag bar ut lapptäcket ifrån kammaren och bredde det över henne. På hennes bröst hade jag placerat ett silverspänne som jag hittat, ett samiskt spänne, vackert ristat. Sedan skottade jag snö över henne så att det blev som en kulle. Det fanns ingen psalmbok i huset. Och ingen bibel. Det tyckte jag var underligt. Men jag minns Fader Vår, jag läste Fader Vår för henne. Och några rader ur Höga Visan som jag hjälpligt lyckades återkalla. *Hav mig såsom en signetring vid ditt hjärta, såsom en signetring på din arm. Ty kärleken är stark såsom döden.* De orden minns jag från din begravning.

Minnena de här åren har varit hårda i mig. De har haft skarpa kanter. Jag har gjort mig illa på dem. Därför har jag undvikit att röra vid dem med händerna. Men nu gör jag det. Jag rör vid dem, jag låter det göra ont. Det är som att väckas till liv igen. Jag är en fiol, en flöjt, ett klaviatur. Musiken går genom mig, stark, skön, obönhörlig. Jag låter den spela, jag låter den.

Platsen här heter Nattmyrberg. På min jakt efter en bibel eller psalmbok hittade jag en gammal handritad karta där någon vid namnet Nattmyrberg ritat ett hjärta genomstunget av en pil. Inne i hjärtat stod det med nästan mikroskopiska bokstäver: INNA.

Samtidigt hittade jag andra papper. Som arrendekontrakt skrivna med brunt bläck och snirkliga bokstäver. Och en bunt med fuktfläckiga brev, omknutna med virkade band. Jag lade tillbaka allt exakt som det legat i lådan, jag vill inte snoka, inte läsa hennes brev. Men jag fick ändå veta tillräckligt. Hennes namn, platsens namn, ett hjärta genomborrat.

Du hade varit i Stockholm och hittat en skiva med Vladimir Vyssotskij. Det var november det sista året.

Snön hade just täppt till vår väg, jag hade fastnat med bilen i en driva och lämnat den där. Du kom vadande genom snön tidigt på morgonen. Vi satt tillsammans på soffan och lyssnade till den skrovliga rösten på skivan. Hur snabbt och känsligt den färdades mellan vrede och yttersta ömsinthet, mellan vemod och ironi, mellan barmhärtighet och raseri. Desperationen som i en enda fallande ton övergick i bön eller vädjan, sorgen som i samma ögonblick var glädje eller hån. Vi satt tätt tillsammans och följde den där rösten, varje skiftning, varje blixtsnabb övergång. Ibland utbytte vi ett leende, du tryckte min hand, jag din, allt du hörde, hörde jag. Vi gick upp ett spår tillsammans. Ett spår i snön. För en stund kände vi fullkomligt igen oss i varandra.

Under ett par veckors tid spelade vi den där skivan om och om igen. Sångerna fyllde oss, fyllde huset. De präntades in i väggarna, präglades in i oss och allt som var vårt. Så dog du. Vyssotskij skrek ut din frånvaro, hamrade ut den på sin skenande gitarr med ett ursinne som gjorde att jag slutligen inte förmådde lyssna på honom mer.

Men nu hör jag inom mig hans röst, han sjunger för mig häruppe på Nattmyrberg, fyller tystnaden med en varsam kärlek, med en ömsinthet utan gräns. Och nu vet jag hur vilse jag varit i ensamheten, vilka hemska vägar jag följt. Jag har varit så rädd.

Ändå har jag inte glömt hur vilsna vi ofta var i varandra. Det hände under en period att du anklagade och ställde mig till ansvar för det jag gjort eller sagt i dina drömmar. Du påstod att det var mer reellt vad jag gjorde där, än vad jag gjorde i det vakna. Du menade på fullt allvar, att i dina drömmar fanns den sannare bilden av mig, att där blev jag avslöjad. Du kunde ställa till med förhör om de svek jag begått om natten inne i din bildvärld.

– Det är ju du som är upphovet till mina bilder, det är ju du som skapar dem. Hävdade du.

De gångerna greps jag som av en yrsel, ett illamående, det kändes som om jag fastnat i något, som spindelväv över hela kroppen, något klibbigt, outredbart. Jag ville slå sönder dig, ta bort dig, få dig att upphöra.

Jag tror att du och jag tidvis förvandlades till insekter, parasitsteklar. Vi stred mot varandra med de tunna, hårda insektsbenen, med gaddarna, antennerna, giftkörtlarna; båda två liksom förbenade, förvandlade bara till rå instinkt under sköldskalen. Miraklet var hur vi sedan hittade igen vår hud, våra läppar.

Det var alltid jag som sprang ut i natten och vrålade, som flyttade till andra rum och andra sängar, som dunkade huvudet i väggen, i dörrlisterna, i trappräckena. Jag vet inte vad du gjorde för att inte inifrån sprängas av raseri, men jag tror att det tillfredsställde dig, på något sätt, att få regissera demoner. I alla fall i början. Med tiden, när demonerna tog över, kom du vilse. Kanske var det då du ville fälla mig med dina drömmar?

Hos Vyssotskij låg alla känslor intill varandra, de var alla syskon, av samma materia. Inte så att han utsuddade gränserna mellan dem. Han berättade bara, att det är samma vatten som rasande stångas i forsen, som det som oljeblankt löper i selen.

Genom kartan jag hittade vet jag nu att jag befinner mig någonstans ovanför Krokmyr och Spettliden. Spettliden är en öde by, men i Krokmyr bor det folk. Jag vet inte säkert hur långt ifrån Nattmyrberg kan ligga, men har de hundar i Krokmyr, har jag i vart fall inte hört dem skälla.

Till sist fick Aron ändå veta hennes namn.

Det var på morgonen den här gången också. Han hade vaknat tidigt av att han frös. Och när han slog upp sina ögon såg han, det var frost. Utanför hans enkla vindskydd stod gräsen krökta och vita, inspunna i frostkristaller. Aron reste sig och gick ut med filten kring sig. Han slog sig ned hos Lurv och där satt de en stund tillsammans och tog farväl av sommaren. Det var alldeles tyst i skogen. Ingen vind som rörde om bland grenarna. Ingen fågel som hälsade morgonen. Björkarnas lövverk hade tunnats ut, det såg han nu, och fläckvis var bladen bruna och gula. De annars svarta granarna stod som glacerade och där solen i enstaka stråk sökt sig ned mellan träden var de gyllene. Aron huttrade under filten och tryckte sig närmare sin hund. Någon insekt måtte ha varit verksam hela natten med att spinna nät och fästa dem vid strån och kvistar överallt på marken. Nu glittrade solen i dem och allting i skogen liksom viskade: du vet inte vilken saga du ingår i, du vet inte vilken saga du bebor.

Aron, som blivit skicklig i att spåra Innas närvaro under sommaren som gått, blev den här gången överrumplad. Plötsligt stod hon ett par meter framför honom, som hade tystnaden denna morgon druckit varje ljud ur hennes rörelser. Och det var nu han såg att hennes hår verkligen var grått, grått som aska.

De sa ingenting åt varandra. Hon tittade på honom, han på henne. De var fångna i var sin bild av den andre och ingen av dem visste hur de skulle ta sig ut. Det blev Lurv som bröt upp fångenskapen. Med svansen lätt svängande vaggade han fram till Inna. Och hon satte sig ned på huk och hälsade på honom.

– Det är frost, sa Aron efter ett slag.

Hon såg upp mot honom och sög bekräftande in lite luft mellan framtänderna, som man hade för sed i trakten.

– Pärerna har frusit, sa hon.

– Och snart är det slut med hästgetningen, byggde han på.

Men hon svarade ingenting på det. I stället sa hon:

– Jag glömde säga vad jag hette. Du ville veta vad jag hette, sa du. Du heter Aron, det minns jag.

– Och du?

– Jag heter Inna.

– Inna. Aron prövade namnet. Inna. Det låter som vind. Man tänker på vind när man hör det.

Hon log lite. Hon såg förvånad ut.

– Tycker du om vinden? undrade hon.

– Ja, mycket. Jag har varit sjöman. Jag har levt mycket med vinden.

Hon återgick till att stryka Lurv över pälsen.

– Jag vet ingenting, sa hon sedan. Fast Knövel har varit ute vid havet en gång. Han sa att det inte är nåt särskilt.

Aron uppfattade inte riktigt.

– Jag kan berätta någon gång, sa han.

De teg en stund. Hon kastade ett öga på honom och reste sig upp.

– Jag måste hem. Det är dag redan.

– Ja, adjö då, Inna. Jag är glad att jag fick ett namn på dig, till slut!

– Jag blev rädd förra gången, när du vaknade, nästan viskade hon. Så jag glömde säga.

– Jag förstår –. Men jag är inte farlig, inte ens när jag är vaken.

Hon fick ett skratt i blicken.

– Adjö då, sa hon och försvann hastigt bort ur gläntan.

Samma dags eftermiddag kom Salomon ut med skaffning åt Aron. De hade inte träffats sedan den gången i början av sommaren när de druckit tillsammans och Aron sjungit. Nu hade de mycket att prata om. Salomons gamle far hade dött en av de heta nätterna i juli. Och när de skulle fara till Racksele för att begrava honom, hade de fått låna häst, eftersom Balder var ute på sommarbete. På vägen hem hade det blivit åskväder och den lånade hästen hade råkat så våldsamt i sken av knallarna, att alla utom Salomon hade slungats ut ur kärran. Värst hade det gått för mellanflickan

Sara som brutit en arm, men alla hade skadat sig på olika vis och fått skrapsår och stukningar och blåmärken. När de fått lugn på hästen fortsatte de ändå hem, men redan nästa morgon hade Salomon fått ge sig iväg med Sara till provinsialläkaren inne i Racksele.

Det var märkligt för Aron att höra Salomon berätta. Med ens ryckte en värld närmare, som innan varit så självklar och välbekant, men som nu under sommaren sjunkit undan och alltmer försvunnit. Helga, gubben, alla barnen – nu trädde de fram ur skuggorna, nu pockade de på att bli en del av hans liv igen. Plötsligt kunde han minnas den sötaktiga och samtidigt friska doften från barnen. Att han längtade efter dem.

– Det här blir sista skaffningen för i sommar har vi bestämt, sa Salomon. Spettlidenfolket kommer och hämtar sina hästar om en vecka ungefär. Sen får du stanna ett par dagar till, så kommer vi från Krokmyr också.

– Ja, det kändes i morse, att det var färdigt med sommaren. Jag förstod att, ja, att det började bli dags.

Salomon tittade på honom.

– Du har haft det gott här, tror jag? Det har passat dig bra, det här?

Aron log lite. Inna. Han tänkte hela tiden på Inna. Men om henne kunde han inte berätta. Så han bara nickade stillsamt medan han koncentrerade sig på kaffet som strax skulle till att koka.

– Fast det har varit lite långt mellan kaffeskvättarna här ute. Jag har gått och längtat lite efter kaffe ibland. Du glömde väl inte socker?

– Nänä, jag har socker med åt dig, det har Helga sett till.

Helga, tänkte Aron. Han hade drömt om henne en natt. Att hon var med honom här ute hos hästarna, fast det var på en båt samtidigt. Han tyckte att han alltid i drömmarna var ombord på någon båt. Nu mindes han inte riktigt drömmen. Men det hade varit Helga. Helga och han. Han rörde om i kaffepannan med en pinne och lät det koka upp på nytt. Hon hade inte glömt att han ville ha socker till kaffet, att annars fick det vara för hans del. Det hade hon inte glömt.

Salomon plockade fram runda kakor av alldeles mjukt, nybakt bröd, en liten färskost, en dosa med smör och en fläskbit med bred fettrand och bara en strimma rött högst upp.

– Äkta amerikafläsk, sa han stolt.

Sedan åt de tillsammans, länge. De inte ens stekte fläsket, utan åt det som det var, i tjocka skivor uppe på brödet.

– Vi tänkte det skulle vara som lite fest, sista skaffningen, Helga och jag. För det har ju gått bara bra, det här med hästgetningen. Och svålen, sa Helga särskilt, den skulle hunden ha.

Lurv hade redan ätit hela svålen, den slank ned i ett stycke. Nu låg han med sitt stora huvud vilande på framtassarna och tittade på de båda ätande männen. Han undrade stilla om det skulle bli mer.

Innan kvällningen gav sig Salomon i väg hemåt, han kunde inte stanna över natten den här gången. Och det tyckte Aron var lika så bra. Han var rädd att

Inna skulle dyka upp under natten eller morgonen. Vad som utspelades mellan honom och henne, det kunde han inte dela med sig av, det var det ingen som fick veta något om. I den historien var de båda oskyddade. Det var i själva verket en alltigenom allvarlig lek de lekte, kände Aron, hur oskyldig den än kunde verka. Han tyckte inte att han begrep egentligen något av det som hittills varit, men han förnam starkt klangen av det, genklangen.

Det skymde på. Luften var skarp och klar, säkert skulle natten bli kall igen. Han tog med sig Lurv bort till hästarna, som nu börjat röra sig över större områden i sin jakt på något ätbart. Himlen var intensivt grönblå, som hade den flyende sommargrönskan flutit upp i den och förenat sig med det blå. Närmast horisonten var den mörkt lejongul, en stor brand. Det påminde om en solnedgång på havet. Om han lyfte blicken så högt att inga berg eller grantoppar kom i vägen, kunde det grönblåa vara havet, ett alldeles blankt och stilla aftonhav, avgränsat av den guldgula solnedgången borta i väster. Och själv satt han i en mikroskopisk båt mitt ute på detta ändlösa hav.

Lurv letade snabbt upp flocken av hästar. De stod och kurade skymning på en slänt där träden stod glest nog för att släppa fram vinden. De plågades inte så mycket av mygg och knott nu, som av oberäkneliga svärmar av småsvidare. De var så små att de var nästan osynliga och man märkte dem bara på den hastiga, ettrigt brännande smärtan när de bet. Att det bränner till på ett eller ett par ställen på kroppen kan man lära sig att utstå. Men när det bränner till på oräkneliga ställen nästan samtidigt, kan även den tåligaste arbetshäst bringas över gränsen till vanvett. Ibland fick detta osynliga gissel hela hästflocken att skena åt skilda håll. När Aron första gången såg det, kunde han inte begripa vad som farit i hästarna. Men när han stått en stund och förundrat sig, blev han själv angripen. Plötsligt stack det och brände överallt på hans kropp och i samma stund blev han varse de pyttesmå krypen som svärmade runt honom. Och snart sprang han också, som en bindgalen genom skogen.

Men nu stod hästarna lugnt där, en samling stilla siluetter i det skarpa kvällsljuset. Lurv rände runt och sniffade på var och en medan Aron räknade igenom dem ett par gånger. Jo, de var där alla. Han kunde gå tillbaka till sin lägerplats och göra kväll.

Kylan tvang upp dimmor ur myrar och surdrog, hela skogen var som genomströmmad av mjölk när han gick hem. Ibland blev det svårt att hitta rätta stigen, Aron höll sig närmare intill Lurv och kom i detsamma att minnas snöstormen som fört honom till Krokmyr, till Salomons och Helgas hus.

När han gjort upp eld framför vindskyddet och fått i sig lite mat tog han på sig alla kläder han hade. Under dagen hade han huggit granris och nu bäddade han med ett tjockare lager under sovplatsen. Det ris som blev över bättrade han på kojan med. Den här natten ville han inte frysa. Innan han gick och lade sig tog han fram alla fällar och filtar och skakade ur dem och värmde dem framför elden. Sedan kröp han ned i bädden, lockade med visslingar och rop in Lurv att lägga sig intill honom och låg en stund vaken med det lilla krucifixet mellan sina knäppta händer.

Som liten hade han talat med Gud, enkelt, utan vånda, om det som var väsentligt i livet. Det kunde han inte längre, det hade han upphört med redan i sin ungdom när styvfadern kommit in i huset och han insåg att han försökte få Gud med sig i de förblindade mordplaner han hyste inom sig. För hur han än hatat den man som trängt sig in i familjen efter faderns död och hur rätt han än tyckt det var att få honom ur vägen, så skrämde det honom när han insåg, att han var i färd med att blanda in Gud i saken. Efter det var det som om hans ord, hans samtal med Gud, bränts sönder. Han tvingades att tiga med sin Gud. Aron tänkte, att detta var hans syndafall, med tystnaden skylde han sig. Den uppriktighet och renhet han velat spara fick finnas som ett litet tyst och stilla rum inom honom, ett rum att gå in i en stund varje kväll, ett andaktsrum som inte kunde tåla några ord, andra än den formaliserade bönens. Innan han gick in dit måste han klä av sig vapnen och kläderna; sina tankar. Med åren hade han kommit att uppfatta denna procedur som en rening, dagligt återkommande: att tystnaden också var ett vatten att nedstiga i. Och en botgöring, för att han en gång ohjälpligt besudlat orden.

Elden hade länge sedan brunnit ut när han väcktes av kylan – och av ännu något. När han trevade med handen på sidan märkte han, att Lurv låg inte kvar. Och nu kände han, nu visste han. Det måste vara Inna som kommit till honom mitt i natten.

Först var allt svart. Men snart började konturerna att lösgöra sig. Träden mot himlen. Skuggor som rörde sig framme i öppningen till hans vindskydd. Han kunde se sin hund nu. Han stod upp med huvudet riktat mot kojans ena sida. Det var något i hans hållning, spänt iakttagande; att han tittade på något. Men Aron kunde inte se vad det var som fångade hans uppmärksamhet. Han kunde inte se Inna.

Hon höll sig lite på sidan av hans vindskydd och hade tagit av sig alla sina kläder och lagt dem i en hög på marken. Nu stod hon naken och kylan formade sig kring hennes kropp, tydlig, så att hon kände exakt var gränserna kring henne löpte. Hon var ändå het, det pumpade hetta ur henne. Aldrig hade hon känt sig så verklig förr. Och så – tvingad. Att det här måste hon göra. Hon måste göra det för främlingen. För att han måste veta.

Hunden kom inte fram till henne som han brukade. Han bara stod och höll henne med blicken, alldeles stilla, som kände han inte igen henne riktigt. Och plötsligt gav han till ett sådant där kort, otåligt litet skall. Rätt ut i tystnaden skickade han sitt skall. Och håren på hennes kropp reste sig i samma stund. Nu frös hon, nu bröt kylan rakt igenom henne. Hon måste gå fram och visa sig för mannen, hon måste göra färdigt detta som hon gett sig in i. Snart skulle hästarna drivas tillbaka till gårdarna, snart skulle främlingen vara försvunnen. Som en dörr som stängs. En lucka som skjuts igen. Hon skulle inte orka ta sig igenom vintern sedan. Hukande och kurande av köld gick hon fram och ställde sig mitt i öppningen till hans koja. Hon blundade. Hon uthärdade inte.

Aron såg att det var hon. Sedan såg han att hon var så vit, så obegriplig. Sedan såg han att hon var naken. Han gav ifrån sig en hård suck, ofrivilligt, en tung, koncis utandning. Långsamt satte han sig upp i bädden. Hon stod där, ja, hon var naken. Samtidigt kände han kylan mot överkroppen, kort, skarp. Han tänkte, han visste inte vad han tänkte, det var en mängd tankar som for fram och tillbaka i honom, pilsnabbt. Att det måste vara så här, att det var så här det var. Så sprang han upp ur sängen med en filt i händerna, fort ut till henne och svepte om henne.

– Men –, sa han och höll hennes kropp inne i filten.

Inna öppnade ögonen. Hon stod mitt inne i honom, mitt i hans lukt, så nära att hon inte kunde se honom. Och all styrka, all fruktansvärd beslutsamhet, rann ur henne. Det var så sorgligt. Allting. Så hopplöst. Hon kände hur hon sjönk ned med honom på bädden, hur han höljde dem i filtar och fällar. Och han höll sitt huvud intill hennes, han vaggade med henne.

– Vad är det du gör? viskade han i hennes hår. Vad är det du tar dig till? Det är kallt i natt, Inna. Känner du inte? Det är kallt ute.

Lurv skällde till igen. Han vispade osäkert med svansen och försökte gäspa.

– Tyst med dig, du, sa Aron. Gå och lägg dig.

– Voff! sa Lurv igen, nästan i falsett. Sedan suckade han och satte sig ned.

Aron lyfte upp hennes huvud och strök håret ur ansiktet, petade bort alla hårstrån som skymde henne.

– Inna, sa han.

Hon slöt ögonen och lät sig vaggas.

– Inna, upprepade han.

Hon tittade igen. Långt inifrån tittade hon.

– Varför gjorde du så här? frågade han.

Då böjde hon in sitt ansikte under hans arm och lät honom stryka hennes hår, hennes bakhuvud, lät honom gunga och vagga med henne. Och hon drack hans lukt därinne i mörkret, hon ville aldrig komma ut i världen igen.

– Kom, sa han, vi kryper ner ordentligt. Han drog henne upp i bädden och lade allt han fick fatt i över dem, stack in sin arm under hennes nacke och tryckte henne till sig.

– Ska vi ligga så här? Ska vi försöka sova nu? Du måste säga något, begriper du väl. Jag vet inte vad jag ska göra.

Då lösgjorde hon sitt huvud och tittade på honom. Hon ville säga något. Men vad? Hon ville säga att det var bra, att allt var bra. Att om hon fick ligga så.

– Jag frös, sa hon.

Aron skrattade till.

– Det är klart att du frös!

– Men här är det varmt.

Han höll om henne. Men hans händer var rädda; hennes kropp bara fortsatte åt alla håll, så naken, så gränslöst naken. Han visste inte var någonstans i all denna nakenhet han skulle våga hålla sina händer.

– Ska jag hämta dina kläder? frågade han.

– Ja, sa hon.

– Ligger de härute någonstans?

– Alldeles på sidan där.

Han dök ut i den kalla luften och fick grepp om högen med kläder. Inna satte sig upp i bädden och han hjälpte henne på med linnet, sedan blusen, knäppte alla knapparna. Fast kjolen fick hon själv komma i.

De lade sig ned igen. Nu vågade han hålla om henne och trycka henne till sig. Famna allt det obegripliga som hon var.

– Jag får inte somna här, sa Inna efter en stund. Jag måste hem innan det blir ljust.

– Det är ingen fara, vi somnar inte, vi ligger här och håller oss varma ett slag.

Ändå måtte Aron ha slumrat till. Han väcktes av den hastiga kylan när Inna var på väg ut ur deras omfamning. Instinktivt försökte han hålla henne kvar; halvsovande, ännu som i dvala, höll hans händer fast vid henne.

– Det är strax morgon, viskade Inna till honom och försökte göra sig fri.

– Vi ska alltid ligga så här, mumlade Aron. Han hade inte ens öppnat ögonen än.

– Men jag måste gå.

Han slog upp ögonen och tittade på henne medan hon redde i ordning sitt hår. Det var inte mörkt längre, men inte heller ljust. Försiktigt makade han upp sitt huvud i hennes knä. Med handens utsida rörde han försiktigt hennes kind.

– Ge dig iväg nu, sa han mjukt och satte sig upp bredvid henne. Han tog hennes hand och vred henne mot sig.

– Men lova att du kommer en gång till innan jag far. Lova!

Hon var redan på väg ut ur kojan när hon vände sig om mot honom.

– Jag lovar, sa hon.

Jag vaknade före gryningen och insåg att hon måste ha haft djur. Jag låg i mörkret i hennes kammare i hennes säng. Det var som hade jag vaknat upp i en kristallvärld där strukturerna står hårda, befästa. Och jag infrusen i detta, fast. Och nu blev alla bilder skräckbilder, infogade i den omedgörliga kristallen. Hon måste ha haft djur. Skräcken över att vara här, att befinna mig uppe på detta ödetorp med den döda, överskottade kvinnan utanför fönstret. Det trädde intill mig, nära som skam. Det tryckte mot mig och fick mina ögon att stå vidöppna och torra i morgonmörkret. Hon måste ha haft djur. Jag kom mig inte upp ur sängen. Låg i stället och kastade mig från den ena sidan till den andra, som ville jag undkomma synerna. Andra bilder krälade fram ur medvetandet, banala, vardagliga bilder, men stenhårda, infrusna. Jag såg min bil stå uppställd vid vägen. Jag såg mina krukväxter hemma i lägenheten krokna och vissna. Jag såg högen av tidningar, post, papper växa sig högre innanför dörren. Och tvärs genom allt drog telefonsignalerna som slet sönder, telefonsignalernas kör genom de tomma rummen. Och sedan rösten, min egen röst i telefonsvararen när fyra signaler tjutit ut mitt vanvett: *jag är inte inne just nu, men lämna gärna ett meddelande.* Det minutiösa minnet av min telefonsvararröst var ohyggligt. Jag kastade mig som en lax uppslängd på land, klatschade mot berghällen, slet sönder mina fjäll mot stenen. Vad gjorde jag här? Vad var det jag gett mig in i? Åter höll mig kristallen, höll mig i tanken som väckt mig: hon måste ha haft djur, det måste finnas en ladugård här, hon kan inte ha levt utan djur.

I ett språng stod jag i den öppna ytterdörren och drog i mig luft och vintermörker, hela jag som en passage för bara luft och vintermörker. Jag tänker inte leta rätt på ladugården, snubblade mina tankar, jag tänker inte se vad som där finns att se, jag tänker inte dra fram de halvdöda djuren som ligger under de döda djuren, tänker inte släpa ut dem i snön, tänker inte, tänker inte... Jag blev plötsligt varse att hela min kropp skakade våldsamt, som i spasmer, och sprang in igen, kröp ihop djupt i ett hörn inne i köket och satt där hopkurad med händerna knäppta, hoplåsta.

Så småningom vacklade jag in i kammaren, kröp ned under täckena och somnade. När jag vaknade var det ljust ute, jag hade sovit länge, det kändes i kroppen, den var tung och stum. Jag låg kvar och tittade i väggen, invärtes blank. Jag vill bli älskad, sa en röst. Jag vill bli älskad, upprepade rösten inom mig. Orden åtföljdes av stark längtan. En längtan med vidöppna, uppsträckta armar; ogarderad, naken.

Oroen icke kärleken, står det i Höga Visan. *Stören den icke*. Men det är svårt, det svåraste. Man värjer sig. Suddar till den. Kan inte motta det klara, obetvingliga ljuset rakt i ögat.

När vi skulle älska med varandra brukade du först kyssa hela min kropp. Du gjorde det varje gång. Med mjuka händer vred du mig över på mage. Jag var redan avklädd. Du kröp ihop vid fotändan och började kyssa mina fötter, lätt, långsamt; bägge fötterna och så upp längs smalbenen, knävecken, låren upp till skinkorna. Du täckte mina skinkor med dina kyssar, täckte svanken, ryggen, skulderbladen, upp till nacken. Sedan vred du mig över på rygg. I dina händer fanns en särskild, mild beslutsamhet. Återigen började du nere vid mina fötter, kysste benen, skötet, magen, omslöt med läpparna mina bröstvårtor, kysste halsen, halsgropen, munnen, ögonen, pannan. Du var så stilla, så långsam, så oändligt ömsint. Du var noggrann. Du täckte min hud med din kärlek. Mina händer också. Du lade ditt ansikte inne i mina händer och fyllde dem med din andedräkt.

Under allt detta låg jag stilla. Jag lät dina händer, dina läppar, råda över mig, jag överlät mig; lät din mildhet genomborra mig.

– Du ska lära dig att bli älskad, sa du.

Kärleken är sträng. Och man gömmer sig; hukar, skyggar.

Du, säger kärleken. Du.

Det var tid för uppbrott. Hästarna for allt längre för att finna bete. Aron och Lurv fick fullt dagsverke med att hålla dem samman. En söndagseftermiddag kom männen från Spettliden och fångade in sina djur. Luften var ren och kall, himlen hårt blå. De bulliga molnen var borta. Gränsen mot sommaren var tydligt dragen, allt i skogen tycktes veta, att nu kom en annan tid. Lövträden brann, tranor kom och skrek och visade upp sig, nästan som ville de tala om, att nu far vi, nu ger vi oss iväg.

Ibland kom regndagar med genomträngande kalla mornar. Blåbären föll av, ormbunkarna skrynklade ihop sig och krympte. Aron började längta efter hus och spisvärme. Han började gå och tänka på sin kammare och på kaminen han satt in. Han tänkte på Helga och Salomon, på barnen, på gubben som inte var kvar. Och Inna. Inna som inte visat sig. Skulle de glömma varandra nu och begravas i vintern? Var det som hänt dem i sommar verkligt, eller bara något han gått och fantiserat för att dryga ut timmarna? Han kände något nästan desperat ta säte i honom. Att han måste få klarhet, måste få veta hur det var mellan dem innan uppbrottet.

Detta att hon inte visade sig, och även kunde fortsätta att inte visa sig, gjorde honom utom sig de långa, kalla vaknätterna. Nej, han sov inte. Han låg och lyssnade med hörseln så spänd att han nästan kände öronen växa ut från hans huvud. Som låg de och kröp i markerna kring hans koja som underliga, flata broskdjur.

I Nattmyrberg var ett krig som pågick i tystnad. Knövel gick och vaktade på Inna, höll sig nära henne och liksom luktade på henne. Inna hade den främmandes lukt på sig, hon kunde känna det själv hela tiden; hon var omgjordad av honom och hade del i hans främmande. Det var Knövels instinkt som luktade sig fram över henne, som tog sig väg genom hans näsa. Han sa ingenting. Bara var med henne, följde henne i spåren, tittade självrättmätigt. På nätterna sov han endast till hälften. Hon hörde på hans andning hur han vaktade på henne. Gick hon upp, skulle han också upp. Hans närhet var som händer, som garn.

Hon tänkte på främlingen, varje stund. Hon prövade också att tänka på honom som "Aron", men hon ville inte riktigt ha namn på honom, inte än. Och "den främmande" var bra, det var sant, i det fanns det viktiga: att han hade något oåtkomligt och artskilt över sig, att han var orörd av Knövel, av allt Knövels. Inna ville inte att de skulle veta om varandra. De fick inte på minsta vis komma i beröring. Därför låg det en stor fara i Knövels envetna närhet. Som försökte han komma i beröring med den främmande genom henne, bekämpa honom inne i henne själv.

En morgon hade hon gått till källan en bit in i skogen för att tvätta sig. Hon tänkte skydda främlingen genom att tvätta honom av sig. Men fadern hade gått med. Han hade gått efter henne den lilla stigen fram till källan och där hade båda blivit stående.

– Jag tänkte tvätta mig.

– Tvätta du, sa han, inte ovänligt.

– Kan han lämna mig ifred en stund så jag får klä av mig, sa Inna, skrämd i sina ord.

Knövel muttrade.

– Tror du inte jag har sett ett fruntimmer förr?

Inna svarade inget. Kände bara, samman med hopplösheten, hur det började att sticka i skinnet under kläderna.

– Va? envisades han. Tror du inte jag sett förr hur ni ser ut?!

Det fanns en lockelse i temat, en liten krok som satte sig tillrätta, djupt i Knövels kött.

– Jo, mumlade slutligen Inna, och hon visste hur han nu ägde hela henne, varje del av hennes kropp, varje liten bit av hennes skinn. En rysning for genom henne, nästan som en frossbrytning. Och när den gått genom henne ett par gånger ville hon kräkas. Hon kunde känna hårstråna resa sig på huvudet och nu darrade luften kring henne.

– *Men du ska inte se mig!* fräste hon ur sig och rusade i detsamma förbi Knövel, bort längs stigen tillbaka till gården.

– Vem är det som ska se dig då, ditt fördömda lilla luder? skrek han efter henne. Vem är det som ska se dig om det inte är jag?

Hans satta kropp skakade i återhållet uppror där han stod och stirrade efter henne. Jag är ingen åldring, tänkte han rasande. Jag är ingen gammal gubbe. Än är det inte slut med mig inte.

Hon satt gömd längst in uppe på det trånga loftet ovanpå ladugården. Nu grät hon. Det gjorde hon inte så ofta annars. Hon grät för att allt var kaos i henne, allt var på en gång och sammanblandat, det gick inte att hålla några gränser mot något. Det bara forsade och slog sig in i henne och slet sönder.

– Ge dig iväg från han.

Så hade hon sagt, Mari. Lämna honom, hade hon sagt. Men hon begrep inte. Hon visste inte vad det var att vara ägd av någon, att in i sitt blod ägas av en annan människa. Att vara märkt. Jag är märkt, tänkte Inna och prövade ordet. Han har gjort ett ägomärke på min kropp, ingen annan kan se det, men han vet det och jag vet det. Om jag ger mig av, kommer märket börja glöda på mig, glöda och bränna mig.

Hon grät inte mer. Hon var hård och het. För samtidigt som hon tänkte allt detta, tänkte hon på främlingen. Det var mot honom som hennes tankar avtecknade sig. Nu såg hon hans ansikte för sig, hans händer, hans goda, goda händer som rörde vid henne och strök henne fri från Knövel.

Det var den sista morgonen på den här sommarens hästgetning. Aron vaknade efter ett par timmars orolig slummer. Fram på dagen skulle de komma ifrån Krokmyr och hjälpa honom driva hem hästarna.

Inna hade inte visat sig. Inte den här natten, inte den här morgonen heller.

Det duggregnade. Kylan hade kommit av sig och nu kändes luften nästan ljummen. Skogen luktade krydda kring honom, han drog in luften i sig och sträckte på sig där han satt i bädden. Lurv hade vaknat strax före Aron och lufsat ut ur vindskyddet. Nu gick han därute och sniffade på nattens avtryck, lyfte sitt ben och pinkade, än här, än där.

– Hundusling, tänkte Aron irriterat. Far och sök upp Inna i stället. Driv hit henne åt mig!

Nej, hon hade inte kommit. I Aron höll sig alla tankarna i närheten av detta. Vred och vände på det. Förklarade, urskuldade, gjorde uppror. Men den stora stenen hon-har-inte-kommit rubbades inte. Den låg kvar i världens mitt och var likadan.

Han försökte intala sig att det var en dröm, det när hon stod naken utanför hans koja mitt i natten. Om han berättade det för någon skulle han genast få veta, att det var en dröm, alldeles tydligt en dröm, en riktig hästgetardröm. Det hemska var ju att Aron ensam visste. Han visste att det hänt, hur drömartat det än kunde tyckas. Fast det hade varit enklare om det varit en dröm. Drömmar kan man skaka av sig, åtminstone de allra flesta. Men verkligheten skakar man inte av sig, den har små tänder som den gör märken med.

Och nu hade han och Inna i invecklade mönster och turer kommit att röra sig kring varandra och snudda vid. Det gick inte att ta bort. Han skulle få bära det med sig in i vintern, hela osäkerheten och osagdheten i deras möte.

Håglöst stoppade han i sig ett par tuggor mat där han satt. Resterna slängde han åt Lurv. Det gick ändå inte att göra upp eld i duggregnet, tyckte han. Och nu var det tid för uppbrott. Han drog på sig sina kläder och packade sina saker med remmar. I Bibeln varnades för kvinnan. Hon som dragit syndafallet över mänskorna. Man skulle hålla sig undan henne, stod det på flera ställen. Att hon var ett nät, att hennes hjärta var en snara.

Och Aron hade hållit sig undan för kvinnor. När han var på sjön följde han inte med kamraterna på deras turer i hamnstäderna. Han visste inte säkert varför. Men han kunde känna rädsla över att det fanns kvinnor som sålde sina kroppar åt främlingar. Ja, det skrämde honom, han vågade inte möta de kvinnorna, han ville inte se dem göra det. Men på Island hade han haft en flicka. Och egentligen hade han inte hållt sig undan från kvinnor. De hade bara inte ingått i hans liv, på samma sätt som tankar på äktenskap eller barn inte gjort det. Han skulle inte ha det, så var det bara. Så var det menat med honom. Och nu var det Inna. Ändå. Han kunde inte begripa vad det var, men han längtade efter henne hela tiden, det var som om han i henne återfunnit något förlorat.

Hon hade lovat honom att hon skulle komma innan han gav sig av för vintern. För sitt inre kunde han återkalla bilden i exakt kopia, hur hon redan på väg bort vände sig mot honom och sa, hastigt, liksom i flykten: jag lovar.

Och hon hade ju varit kring honom hela sommaren. Hon hade ju suttit och kikat på honom när hon trodde att han sov. Men nu kom hon inte. Nu var hon borta. Nu när en hel väldig vinter skulle utbreda sig mellan dem. Och i de här trakterna var vintern inte en årstid. Den var en kontinent. Det hade Aron redan lärt sig.

När han packat klart och lagt in allt i en prydlig hög under vindskyddet gav sig Aron, med Lurv småspringande framför, iväg för att se till hästarna. Det var vemodigt. Allt han gjorde nu var sista gången. För sista gången skulle nu Lurv och han gå och söka upp hästarna, räkna igenom dem och se så att ingen skadats under natten. Det hade blivit en stig, vägen genom skogen han trampat upp. Om han kom tillbaka som hästgetare nästa sommar, skulle stigen finnas kvar. Han hade hunnit gå upp en värld åt sig härute på skogen. Med sina vandringar, sina rastplatser och boplatser, sina fiskeställen och sin rök hade han ritat upp en ny karta här, inuti den karta han bar i fickan, den som han ritat av från handlarns. Och det var en karta över ett hemland, en hemkomst. Det var det han plötsligt blev varse. Hur stor del Inna hade i den hemkomsten kunde han inte säkert veta. Men hon fanns med på kartan, hon var en viktig plats – eller rättare – hon genomströmmade alla platserna, som en vind, ja, som en vind, tänkte han.

Med Lurv som sällskap gick han nu runt till alla sina platser och gjorde vinter. Han täckte över sin rök, lade ihop stolpar, skyddade sina vedförråd, plockade ihop fiskedon och andra småsaker han haft utspridda. När allt var klart satte han sig i sitt urstädade vindskydd och väntade. Väntade på uppbrott, på männen, på Inna. Han visste knappt vilket. Det var inte lätt att se var solen stod under gråmolnen och tiden blev än mer svårberäknad av att denna dag inte liknat de andra. Men han tyckte att dagen var ganska så långt liden ändå, snart borde de komma. Han lyckades få till en hygglig brasa i duggregnet. Säkert ville de koka kaffe efter vandringen.

Lurv satt bredvid honom och långt innan Aron hört eller märkt någonting särskilt utifrån skogen, började hundens öron att röras och vridas.

– Så nu kommer de? frågade Aron när han såg det, halvt för sig själv. Är det de som kommer nu?

Han visste inte alls vad han skulle göra av med besvikelsen han kände. Att nu höll det på att besannas: hon kom inte, hon skulle inte komma. Han sköt det i bakgrunden, lät förväntan inför hemfärden ligga i förgrunden. Väl hemma, det visste han, skulle hennes frånvaro komma att växa sig in över allt annat. Den skulle färga hans vinter, leva som oro i hans sinne.

Men nu gällde det hemfärden. Lurv hade ställt sig upp med nosen prövande lyft och med öronen spelande och sökande. Och slutligen kunde även Aron höra rösterna som steg upp ur skogsmulnaden. Det var ett ovant, ja, nästan overkligt ljud, människorösternas. Han tog ett grepp om Lurvs nackskinn och viskade åt honom att stanna kvar i gläntan. Nej, inte lägga iväg och skrämma vettet ur karlarna.

Men hindra hunden från att skälla kunde han inte, och nu skällde Lurv, med all sin känsla för vad rättmätigt var, djupt och ihållande.

Männen dök fram mellan träden, den ene efter den andre. Först när Aron fått syn på Salomon vågade han släppa greppet om sin best och gå männen till mötes. Och så bröts den tystnad som varat hela sommaren bara tvärt utav, boplatsen fylldes av röster, skratt, frågor och barnsliga upptåg från tiotalet män som för en dag släppts fria i flock på skogen.

De gav sig iväg bort till hästarna så snart de fikat. Salomon hade spätt ut Arons kaffe med brännvin.

– Färdknäppen, hade han sagt beslutsamt. Den får man inte neka sig.

För Aron hade försökt mota undan den öppnade buteljen. Han tyckte sig ha alltför mycket av mörker inombords, för att våga ett rus. Men nu erfor han hur berusningen behagligt löste upp trådar och konturer, hur den samtidigt bäddade in och skärpte, suddade till och tydliggjorde. Allt blev på ett nytt, mer uttrycksfullt sätt; skogen med sina färger och sin lukt, rösterna från männen där de gick på oordnad rad längs stigen som Aron trampat upp. Brännvinet tråcklade samman allt detta med honom själv så att känslorna inne i honom blev starka och eggvasst tydliga. Att Inna. Om henne blev hans känslor i ruset mycket beslutsamma.

Hästarna stod tätt samlade i det fina duggregnet, med huvudena vända mot skocken av karlar som kom. Förmodligen visste de också att sommaren var slut och att ingenting fanns att göra åt den saken. Fogligt lät de sina respektive herrar trä grimmorna över deras mular och hiva sig upp på deras ryggar.

– Jag går, sa Aron till Salomon där de stod invid Balder. Du har ju redan gått en väg.

Han hjälpte Salomon upp på hästryggen, där redan hans egen packning låg stuvad, och gav Balder en klapp på halsen.

– Hästarna ha nog inte så bråttom den här gången, sa Salomon. Du hinner nog med.

Långsamt satte sig karavanen i rörelse och med ens mindes alla morgonen i juni då de ridit ut sina hästar på bete. Och den sommar som varit emellan tycktes plötsligt så tunn och genomskinlig, som en liten slöja bara, som fladdrat till en stund.

Aron gick sist i den långa raden. Allt var gult och brunt, tyckte han. Granarna bara mörka. Världen hade så hastigt tappats på sitt gröna, enstaka var de rönnar och aspar som ropade ut i rött. Höstledsnaden steg i honom, som den kan göra en duggregnsdag med luddigt, vikande ljus. Han brydde sig inte om att försöka hålla takten med de andra, han ville gå själv med sina tankar.

Inna stod till hälften dold bakom en gran, med ansiktet rött och svettigt, som om hon sprungit. Blickstilla stod hon, med händerna över munnen och ögonen stora, vidöppna. Aron upptäckte henne just som han var på väg att passera, fångade henne i ena ögonvrån och tvärstannade. Hon stod där. Hon såg egendomlig ut. Han visste inte säkert hur, men något var det som gjorde honom rädd. Hans hjärta hade satt i att banka så att han knappt kunde få luft, snabbt såg han sig ikring, jo, Salomon var långt framme och Lurv sprang mellan hästarna, ingen skulle märka om han avvek en stund. Han smet in i skogen där hon skymtade, rädd och jublande, plötsligt osäker om allt.

När han kom fram stod hon kvar i samma ställning, med samma uttryck i sitt ansikte, ännu halvt dolt bakom händerna. Han tog henne inte i famn, som han i andanom så många gånger sett sig göra, utan han bara förde hennes båda händer ifrån ansiktet och gömde dem inne i sina.

Hon var klöst i huden kring munnen, hennes underläpp blödde. Nu såg han också att huvudduken halkat ned på axlarna och att hennes hår var blött och i oordning. Han drog henne närmare sig, helt intill, med hennes hårt knutna händer inne i sina. Skälvningarna från hennes kropp fortplantade sig in i hans, i hans bröst rörde sig sorg och glädje kring varandra som i en dans.

– Vad är det som hänt? viskade han i hennes öra.

– Jag ramlade. Jag var så rädd att du skulle försvinna. Jag såg männen. Att de kom.

Inna lyfte hans händer upp till sin mun och strök kinden och läpparna mot dem.

– Du har goda, kloka händer, sa hon tyst.

De var tvungna att släppa varandra nu. De visste det hela tiden.

Hon lade sitt ansikte i hans handflata och lät den omsluta henne som ett bo med sin lukt och sin strävhet.

– Vad gör vi? frågade hon.
– Nästa sommar. Nästa sommar är jag tillbaka.
– Gå nu, sa hon. Skynda dig.

Innas puckel var osynlig. Hon bar kring den, kröktes under den. Den var som en gråsten som vältrats in i henne, ibland under högra, ibland under vänstra skulderbladet. Där skavde den och tryckte den. Vissa mornar var det knappt hon ville ur sängen för den olidliga puckeln. Vettskrämda sökte hennes fingrar utefter ryggen. Hade den bulnat ut nu? Hon bad till goda blida Herren Jesus att han skulle skona henne från puckeln. Men varför skulle han skona henne ifrån den, han som själv inte skonats från sitt kors? – Varen saktmodige, förnam hon hans röst. Bären edra bördor. Och hon såg att hans ögon på den lilla bilden på väggen samtidigt var blida och obevekliga. Men hennes händer hade inte funnit någon bulnad. Inte heller den här morgonen hade skammen kommit till synes. Hon var ensam instängd med sin puckel.

Det var nu höst. Mer och mer var det så. Som en resa, en färd in i vintern. Tecken efter tecken som visade in mot de vita, tysta rummen. Inna stretade emot först. Hon ville hålla kvar sommaren med sin vänliga, milda luft, med sin doft, med främlingens goda händer som smekt bort den onda puckeln ur hennes inre. Men till sist föll ändå den snö som skulle bli beständig. Den snö som först till sommaren skulle komma att tina och kvillra sig iväg med vattnen. Och kanske gömdes det ett löfte i det. Att hon nu gick över samma snö som i fläckar skulle ligga kvar ännu kommande sommar, när Aron och hans hästar åter rörde sig nere på myrskogen. Kanske var denna vintersnö också en bro som band samman tiden och gjorde den överkomlig?

Inna sökte på alla sätt upprätthålla främlingen i sin värld, hålla honom levande, som ett skydd, en vaktpost. Eller som en liten ljuslåga i vind. Hon inrättade sig i väntan. Sedan gammalt ett rum där kvinnor vistas.

Knövel hade upphört med sitt efterhängsna följande och passande. Det behövdes ju inte heller. Snön låg djup kring Nattmyrberg, man tog sig ingenstans utan skidor, och än var inga spår uppåkta, det var tungt att ta sig fram. Sedan dagsljuset som knappt räckte till hushållsgöromålen; man fick hasta genom det snåla gråljuset, fort innan mörkret kom och lade sina händer kring en. Inte gick det att ta sig någonstans i förjulsvintern. Då satt allt folk i sina gårdar och hukade. Och sov de evinnerligt långa nätterna. Nej, Knövel behövde inte passa och lura. Han satt i stugmörkret och var tyst. Inom honom rörde sig många tankar, en hel skuggvärld av tankar som kommit till liv av all oro och olikhet som rått under sommaren. Han ställde inga frågor till Inna, men han iakttog henne där hon satt med sländan eller stoppnålen, iakttog henne när hon fångad av sitt ingenting märkte.

Hon var nog grann, trots allt, hans dotter, satt han och tänkte. Trots silverhåret som hon aldrig fick någon ordning på och som stod som ett skum kring huvudet på henne jämt. Säkert kunde hon locka någon ungstut nere från Krokmyr att ligga och trånvänta på henne i skogen. Tanken fyllde honom med ett kallt, förstenat ursinne. Ungstuten brydde han sig inte mycket om, han fick väl vara hur kåt han ville och jaga vilka ungmör som helst. Men Inna. Hon hörde till honom, hon hörde till Nattmyrberg, hon hade blivit kvar åt honom när Hilma dog. Hon skulle inte inbilla sig att hon kunde gå lös från honom när hon var en del av honom, inskriven i honom, innehållen i honom. För henne fick inte något som var utanför eller annat finnas. Så rörde sig tankarna inne i Knövel. Att han måste återta sin plats som enväldsman och inte rygga mer, inte gripas av den underliga osäkerhet som lamslagit honom alltsedan den gången Inna gick till handelsboden. Ja, det var det värsta som han blivit tvungen att tänka: att han blivit rädd, att han blivit rädd för Inna. Att det kommit något över henne som han inte kände, något där han gick vilse och tappade viljan. Nu satt han och iakttog henne. Han ville lära känna det där nya, veta var det satt, hur det rörde sig. För har man blivit rädd för något, ska man söka upp det, lära känna det, brottas med det. Det hade han fått lära ifrån barnsben. Att om skogen skrämt en, eller tjuren, då måste man dit och möta det på nytt. Och hade hästen kastat av en, måste man upp på hästryggen med en gång. Så hade han ju blivit fostrad. En människa ska inte låta sig skrämmas. Och verkligen, en vuxen karl får inte gå och rädas sin egen dotter.

Det var en kväll i jultiden. Länge hade nu Knövel samlat sig till att knäcka det nya och främmande som kommit över Inna och tvinga henne tillbaka till det som rått. Till det som var ordningen.

– I natt får hon ligga i sängen hos mig.

Sa han. Han hade inte ens harklat sig innan.

Tystnaden som omedelbart föll var så stark att den lämnade som ett vibrerande eko kring sig. Varje vrå och springa, allt i stugan var plötsligt tungt av tystnad.

Inna stod vid härden, Knövel vid dörren in till kammaren där de sov. Inne i henne ljöd efterklangen av en jättelik gonggong som slagits an. Att nu sa han det. Hon kunde känna i sin egen kropp hur spänd hans var, hur laddad. Hur han samlat sig hela hösten för detta ögonblick. Och djupt nerifrån golvet som ur ett hemligt rotsystem och upp genom henne växte, i våg på våg, en feber av ursinne, rädsla, äckel. Hon stod som i ett elektriskt kraftfält med stickningarna blixtsnabbt knattrande över hennes skinn och allt det inre i uppror. Inte ett ord kunde hon frambringa, inte en rörelse åt ena eller andra hållet; hon hölls som av osynliga trådar, brändes i ett finmaskigt, glödande nät.

– Vad stirrar du för? skrek Knövel bortifrån kammardörren. Va? Ska du komma, eller? Han stampade med foten. Ska du komma då!

Nu ven de elektriska piskorna genom luften. Han störtade fram mot henne och högg tag om hennes arm för att släpa henne dit hon skulle. Men då slog vreden med våldsam styrka ut ur hennes kropp. Hon slog och sparkade åt alla håll samtidigt, hon bet, knuffade, rev och drog. Plötsligen var hon indragen i en strid mot honom, en blank och naken strid där hans styrka i längden ingenting förmådde mot hennes raseri. Hon var snabb, hon var uppfinningsrik, hon bröt mot alla regler i ett slagsmål. Just som Knövel drev sin näve, sin arm, ja, hela sin överkropp i ett slag mot hennes ansikte, vek hon undan. Han miste balansen och föll framlänges med en hård duns i golvet. När han efter ett ögonblick, i en grimas av smärta, försökte komma på fötter igen, flydde Inna. Hatet som fyllt henne alltmer medan hon stred mot honom, hade skrämt henne. Och när han var på väg att resa sig ifrån golvet hade hennes ögon kommit att fångas av hans smala, rynkiga hals, och i samma stund kände hon i sina händer, kände hon hur de redan format sig kring halsen, hur de ville vrida allt liv ur honom i ett hat så starkt att det liknade hunger. Hon kastade sig ut i nattmörkret och sprang den skottade gången mot fähuset, på flykt undan sig själv, undan fadern, undan de krafter som kommit i rörelse. Bakom sig hörde hon Knövel.

– Din djääävul! vrålade han långdraget så att hans röst fyllde hela gapet upp mot den stjärnströdda himlen och bort över skogen där granarna stod som vaktposter i sina vita rustningar.

Inna vände sig osäkert om när hon kommit fram till

ladugården. Det hade blivit så tyst. Hade han fallit igen, hade han snubblat? Det dröjde en stund innan hon urskiljde honom, som ett bylte nedanför hustrappen, orörlig.

Hon vågade inte närma sig. Hon stod bara, medan andningen höjde och sänkte hennes bröstkorg, stod och andades in vintermörkret i djupa, täta drag.

Han låg stilla. Men hon måste vänta längre. Fick hon än en gång känna hans hand sluta sig kring hennes arm i det grepp som hennes skinn mindes tydligt som ett eldsmärke alltifrån hennes första barndom, skulle hon kvävas i ett anfall av namnlösa, rasande känslor. Då skulle hon för att värja sig gå bortom alla gränser, sparka sönder honom, mosa honom. Aldrig att hon skulle låta honom komma i beröring med främlingen, som hon gömde på sin hud, på sina läppar, i sitt hår, i sina händer. Aldrig att hon skulle låta fadern kränka den främmande som han kränkt henne. Det var det som hade hänt med Inna.

Kölden började gå tvärs igenom henne. Försiktigt för att inte höras närmade hon sig den till synes livlösa kroppen vid stugtrappen. Nu såg hon att han låg framstupa med huvudet vridet åt ena sidan. Det hade runnit blod som färgat snön i stora röda blommor. Hon smög helt intill. Hans ögon var stängda, munnen vidöppen. Hon måste få in honom i värmen.

Knövel kved lågt när hon släpade in honom i huset. Som ett barn, eller ett mycket svagt och litet djur. Hon tog det i korta etapper. Upp till dörren, över tröskeln. Så över stuggolvet. Hon flämtade. När hon sedan fått in honom i kammaren kom det svåraste momentet. Få upp honom i sängen. Hon höll honom bakifrån med sina armar kring hans bröst och segade sig upp i stående så att hon kunde stjälpa honom framstupa ned i sängen. Hans puckel tryckte mot henne och hon kände hela tiden Knövelslukten skölja in över sig; en på samma gång grov och söt lukt, det söta sköt upp ur det grova och täta som små stick, små spjut. Hon tryckte honom med kraft ifrån sig så att hans överkropp hamnade på fällarna, lyfte upp benen och vred honom över på rygg.

Där låg han nu, ännu med ögonen slutna, ännu i frånvaro. Hon sprang ut och lade mer ved på härden. Så hämtade hon ett ljus och gick in för att se närmare på honom. Han hade blod i håret och i ansiktet. Alldeles vid hårfästet var ett fult sår uppslaget och blodet tryckte sig ut ur det som ur en mun, tjockt och kväljande. Inna hämtade trasor och försökte få till ett tryckförband. Sedan tvättade hon så gott det gick runt ikring. Men det var svårt med allt hår och skägg och alla veck och gropar. Hennes händer var också så valna och obeslutsamma när det gällde att ta i Knövel, de ville inte riktigt ge sig in där, utan hämmades, hejdades. Hela tiden var hon på sin vakt, för han kunde ju plötsligt vakna, hans stora, ursinnigt starka hand kunde på ett ögonblick sluta sig kring hennes arm och vilja dra henne ned i bädden, ned i lukten och den omöjliga närheten. Där hon upplöstes.

Men han vaknade inte. Innan hon lämnade honom bytte hon hans tryckförband och tvättade rent kring såret. Han jämrade sig svagt och ville liksom vrida sig undan hennes omsorg.

När allt var i ordning gick hon ut och satte sig på sin pall vid elden. Men det var som om ingen värme i världen kunde värma henne. Med stel och tom blick satt hon. Skuld kände hon inte. Men en avgrund. En kall hålighet där hon tumlade.

Aron hade redan på hösten, då han kommit tillbaka till Krokmyr, beslutat sig för att han under vinterns lopp skulle läsa hela Bibeln, inte bara texterna i Dagens Lösen eller lite här och lite där på måfå, som han brukade göra, utan hela skriften från pärm till pärm. Och han skulle läsa den på svenska. Han skulle läsa den på Innas språk, så tänkte han.

Händelserna under sommaren hade rubbat honom. Han hade bringats ur ett jämviktsläge han funnit åt sig, ett sätt att leva, ett sätt att se på sitt liv. Inna, med sin nakna, egendomliga skygghet, hade sprängt sig in i hans värld. När hon samtidigt som hon gömde sig för honom, jagade honom, när hon samtidigt skydde honom och uppsökte honom, var det något inne i Aron som inte kunde värja sig. Det var en rörelse, ett mönster som han kände igen, som han inte kunde annat än svara och bekräfta. I halva sitt liv hade han gömt sig, han visste knappt längre för vad. Och samtidigt envist följt i sina egna spår, förföljt sin egen skugga. Han ville se om han borde vara rädd för den människan han

jagade, han ville veta om den människan var han och
lära känna sina gränser. Men i samma stund han svarat Inna var det som en stark vind som börjat blåsa.
Och den blåste upp dörrar och fönster i honom, den
flyttade om och ändrade, rev ned väggar, fick skyddsskogarna att falla, lyfte taken. När så hösten kommit
och han lämnat markerna där hon fanns, försökte han
sitta stilla i båten, endast det, sitta fullkomligt stilla i
båten. Han kände starkt att han måste skydda sig, att
han behövde tiden som nu gavs, att han behövde vintern.

Helga hade lånat honom familjebibeln. Om han
bara tog med den ner om söndagsmornarna, fick han
ha den uppe i sin kammare hur mycket han ville. Det
var om kvällarna Aron tänkte läsa, när oron red honom som värst. Rätt många sidor varje kväll, om han
skulle hinna klart fram till nästa sommar då han skulle ut igen och geta hästar. För de ville ha honom som
hästgetare även i fortsättningen, det hade de sagt ifrån
om, både männen i Spettliden och de i Krokmyr. Och
Aron själv ville ju, han hade genast svarat ja när de
frågade. För det var inte så han tänkte, att det var fel
eller orätt på något sätt, det som skedde mellan honom och Inna. Över det kunde han på det hela taget
inte sätta sig till doms. Det var. Men hon hade fått
hans ordning att välta och i all bråten som hastigt
bringats i dagen fanns mycket som han hållit undan
för. Han tänkte på blinda, nyfödda kattungar. Hur deras ögon måste skyddas från ljus tills de hade öppnats.
Att så var det med honom och Inna också. De måste

hållas i mörker en tid. Varken se varandra eller bli sedda. Och kanske att aldrig deras ögon skulle kunna öppnas för ljuset. Det visste han inte än. Det hade med bräcklighet att göra. Inte att Inna var bräcklig, eller han själv, så mycket som det de hade tillsammans. Som nattgammal is mellan dem.

I Bibeln fanns det tydliga och klara röster, där fanns berättelser han ville omges av som av ett hus, tänkte han, ett hus att vistas i, fullt av människor och dramer i alla rummen. I femton år hade han levt som en botgörare, det hade blivit hans liv att söka försoning med sitt liv. Men någonstans i detta hade han kommit vilse, hade han förlorat sig själv ur sikte. Fasan som han läst i Innas ansikte när hon första gången såg honom, var också hans egen fasa. Så rädd hade även han varit för sitt eget ansikte. Men inte mer. Det var just det han insåg den gången. Att dessa år hade gjort något med honom. Han behövde inte vara rädd för sig själv mer. Det brott han en gång begått var det ett barn som utförde. Och nu hade detta barn blivit vuxet, ja, själva ogärningen hade tvingat det till det. Men skräcken hade han fortsatt att bära ikring, som för att bära på något. Kanhända skulle han fortsätta att leva som en botgörare, han visste bara att i så fall måste det bli på ett annat sätt, det måste bli en annan botgöring och en ny försoning.

Så inrättade sig Aron i vintern. Han och Salomon skulle vara i skogsarbete mycket av tiden, men de skulle inte behöva ligga borta. Och förjulsvintern var ju mörkret så stort att arbetsdagarna inte kunde bli särskilt långa. Det fanns gott om tid att sitta vid brasan och resonera med Helga eller att hitta på sagor åt barnen. Ofta berättade han för Helga vad han senast läst i Bibeln och sedan satt de och vände och vred på historierna så att Salomon, som inte var särskilt gudfruktig av sig egentligen, blev alldeles förskräckt.

– Ni handskas ju med Skriften som jag handskas med ett stycke trä när jag sitter och täljer. Skär bort och formar till och karvar ut så man blir rentut rädd att det ska straffa sig till slut!

– Rädd att få kniven i handen kanske? sa Aron med en blinkning.

– Ähh! Men man får väl inte bete sig hur som helst med Gudsorden. Säger de inte att det är Guds ord rätt opp och ner som står där i Bibeln?

– Om det är så att det är Guds ord rätt opp och ner, som du säger, så tror jag att de håller. Eller hur Helga? Man måste ju våga ta i Ordet, det är vad jag tänker. Och knåda det och värma det i händerna. Inte stå och buga sig för det, då gör det ingen nytta. Eller vad säger du, Helga?

– Jo, jo, sa hon, nog håller det.

– Ja, det är tur att man inte är religiös, sa Salomon. Tänk om de hörde er, Granbergs och Jonssons!

– Men det gör de inte, viskade Helga med diaboliskt lysande ögon. Och de är så nöjda med att du ska hamna i Helvetet, så för dem är allting bara gott och väl!

Salomon skakade på huvudet.

– Ja, jag struntar i er två. Prata på ni bara.

För Aron var det en lättnad att få sitta och fördriva

kvällarna med Helga och Salomon. De var hans syskon, hans familj. Och det gick bra att tiga med dem också. Till och med att vara retlig. Ibland uppe på kammaren, ville hans tankar gå i spinn. Då gick han ned och lät dem lösa upp sig i värmen framför elden, lät dem flyta ut och skingras. I hans inre mörker satt han och Inna och höll om varandra, där gömde sig hans liv. Och övervintrade.

När jag var barn flyttade vi till ett nybyggt höghusområde. Vi bodde på tolfte våningen. Jag stod i mitt fönster och stirrade ut över ett upplag för armeringsjärn som sträckte sig ända bort till nästa höghuspar, flera hundra meter bort.

Vårt hus fällde sin slagskugga över marken. Utanför skuggan var solljuset hårt och fientligt, som när nordanvinden driver värmen ur april. Längs hela gatan – som var en ändlös gata, uppspänd mellan horisonterna – växte inte ett enda träd. Uppifrån tolfte våningen kunde man inte urskilja de späda trädplantor som stod upptejpade mot pinnar här och där på de osådda, bruna lerfläckar som kanske en gång skulle bli gräsmattor. Men man såg dem inte heller när man gick på gatan. Vinden, eller om det var ljuset, gjorde allting genomskinligt och likgiltigt, allting utom husen som par om par reste sig ur bedrövelsen. Jag var sex år. Jag tog hissen ner. Det fanns några andra barn. Men i deras ögon fanns samma förvånade håglöshet. Vi kunde inte leka. Vi försökte. Vi försökte varje gång. Vi satt på de låga, gjutna betongstaketen på parkeringsplatsen och försökte.

Min mamma tyckte att Alla vi barn i Bullerbyn var tråkig. Det tyckte inte jag. Jag gick helst inte ut. Jag var rädd för gatan vi bodde på. Rädd för de stora, fyrkantiga skuggorna som kunde vara mer än hundra meter långa. Rädd för de gula skyltarna på planket kring lagret för armeringsjärn. Det var en stor hand på dem, och ett lite mindre polishuvud. Och en mängd fruktansvärda bokstäver och tecken.

– Berätta om när du var liten! tjatade jag på mamma. Berätta om statarna, berätta om vargarna i kallfarstun!

Och hon tyckte om att berätta.

Min skolväg var så lång att jag ofta hann glömma vart jag var på väg. Först en evighet för att nå vår egen gatas slut. Det var den värsta biten, nedtyngd av mitt motstånd mot att passera alla portarna i de limpor till låghus som lagts ut mellan varje höghuspar. Det var som om arkitekterna lekt med byggklossar: två uppresta, en liggande, två uppresta, en liggande. På så vis hade de format en groteskt uppförstorad leksaksvärld och mina ben ville inte gå där, det var tomt, rätlinjigt och skrämmande. Iallafall, sedan kom Järnvägsövergången och en lång gata där det växte buskar med snöbär utanför portarna. Sedan en ännu längre gata med paradisäppelträd. Jag kunde inte begripa varför de beska och oätliga små äpplena kallades för Paradisäpplen. Men jag förstod instinktivt att det var någonting riktat emot oss barn. Snöbären påstods vara giftiga och var därför strängt förbjudna, det enda man kunde göra var att hoppa på dem så att det small. Paradisäpplena var beska för att vi skulle förstå att de också var förbjudna. Och antagligen var det så de hörde samman med Paradiset. Den förbjudna frukten.

Men efter den gatan på min skolväg hände det i alla fall saker. Man kunde möta dårarna från Ecksta Gård. De kom lufsande i kolonner i underliga, säckiga kläder och med konstiga grå mössor på huvudena. Alla såg ut att ha fått fel kläder på sig, någon annans kläder. Och deras munnar var halvöppna och stora och armarna verkade för långa. Jag visste att de bodde i de gamla husen i trädgården på andra sidan skolan. Men vad gjorde de där? Det berättade ingen.

Bakom skolan låg skogen. Där bodde det zigenare. En gång stod jag gömd bakom ett träd och såg med klappande hjärta en krullhårig man i nätundertröja med en yxa i handen. Att han stod och högg ved begrep jag inte då, jag såg bara yxan. Jag minns hur jag sprang nästan från mina sinnen av skräck över järnvägsbron – även den livsfarlig eftersom en man som stått där och pinkat mot spåren, fått en elektrisk stöt och dött. Det hade pappa berättat.

I skolan fick vi stå på led. Ute på gården, utanför klassrummen, utanför gymnastiksalen och utanför matsalen. Alla leden skulle vara perfekta, ingen skulle röra sig, ingen skulle prata, ingen skulle fnissa. Då fick alla de andra också vänta. I matsalen fanns det gamla knäckebrödssmörgåsar fasttryckta under bordsskivorna. En del hade lysande grönt margarin. Det var de som suttit längst. Ibland var det sill och potatis till mat. Och ibland mannagrynspudding med saftsås. Jag gick ut sist, med hela lunchen samlad i kindhålorna som en hamster. Tanterna kunde komma på en och tvinga en att svälja. Fast det kom tillbaka, hela vägen nerifrån och upp.

Jag tyckte om de gamla husen mer än de nya. Jag tyckte om det där med gator med hus på ömse sidor. Husen, gatorna och människorna var som i maskopi där. De hade något ihop, det pågick ett samtal. Husens fönster var ögon, dörren mun. Det var viktigt. Att kunna se in i ett ansikte, läsa det, förvissa sig. För det var först när man såg ansiktet man visste om något var farligt eller ej. Men de nya husen som växte upp ur groparna och hålen överallt, de hade inga ansikten. Och de hade på något vis inte med gatan att göra heller utan stod bara där, för sig. De var mest vägg. Ofta hade de något felplacerat öga mitt i pannan eller också långa band av ögon som man omedelbart såg att de var blinda. Jag ansträngde mig för att tycka om de nya husen, jag försökte tycka om vårt höghus också. Jag var ju ett barn och måste tycka om det som skulle komma, som skulle bli min värld. Men jag kunde inte. Jag såg att det var fel värld.

Man kan inte tala med hus som saknar ansikten. Det blir tyst. Och det fanns en ödslighet i allt det där som gjorde det svårt att leka burken och kurragömma även sedan vi lämnat höghusgatan för ett nytt område. För oss barn var det som om alla de nya platserna som växte fram under ångvältar och byggkranar inte var våra. Vi hade ingen hemortsrätt där och det fanns inga gömställen. Fanns det någon gammal kåk i en förvildad trädgård i någon utkant av bostadsområdet, hölls vi barn där tills även den tillflykten schaktades bort och inordnades. Bit för bit skulle allt bli enligt det nya. Vi måste ut ur det gamla, sas det. Det gamla var nämligen mörker, lukt och fattigdom. Det nya var ljust och rensopat. Moderna människor skulle inte ens behöva äta mat mer, sa de på Aktuellt. De skulle klara sig på piller, vitaminpiller. Och gå runt i det hårda mellan husen som inte ens var gator.

Jag såg ett stort tungt land utan ansikten. Jag fick fantasier om ansikten. Jag drömde om ansikten. I en dröm stod jag på en sådan där ny gata som lutade otäckt, det gick nästan inte att stå upprätt för att det lutade så, och någon i en grillkiosk kom fram och slog mig i ansiktet så att min ena kind lossnade och föll av. Sedan drömde jag om ändlösa processioner av ansiktslösa människor som långsamt rörde sig över en bro och jag kommer aldrig att kunna beskriva hur rädd jag var. Inga öppningar någonstans i deras vita ansikten, inga munnar, inga ögon; bara slätt, ointagligt. Jag stod vid brofästet och såg dem komma, i tusental.

Jag livnärde mig på min mammas berättelser om när hon var liten. De var mer verkliga för mig än mitt eget liv. Jag tror att jag upplevde overkligheten lika starkt som andra generationer upplevt fattigdomen. Ofta stod jag gömd bakom något träd i Ecksta skog och iakttog zigenarna. De var visserligen skrämmande, men de var verkliga, de pratade och skrattade och grälade, hängde tvätt och lagade mat. De var en liten flock av alldeles autentiska människor och de gömde sig inte, som människorna i vårt höghus, där alla levde i hemlighet för varandra bakom sina likadana dörrar. Det var bara på skärtorsdagarna när jag och två andra flickor gick runt utklädda till påskkärringar, som de där dörrarna öppnades en aning och vi fick skåda in i de sällsamma världarna innanför dem. Fast på en del dörrposter fanns det små metallskyltar där det stod: BETTLERI och annan försäljning vid dörren FÖRBJUDEN.

I höghuset bredvid vårt bodde det en liten pojke som hette Jonny och som var gårdens skräck. Han brukade stå på lerfläckarna som en gång skulle bli gräsmattor med händerna fulla av jord och småsten som han slängde på tanterna när de kom från snabbköpet. Efter varje fullträff sprang han på ett särskilt undanglidande och vesslelikt sätt iväg. Ofta var han ute ensam hela dagarna, ibland hade han knappt kläder på sig och alltid var han grå och brun av smuts. Han var yngre än jag, under de år vi bodde där tror jag inte att han gick i skolan.

En gång ringde jag på på hans dörr, jag minns inte riktigt varför. Det var farmor eller mormor som öppnade. En stickande söt lukt trängde ur dörrhålet ut i farstun. Jag frågade efter Jonny och kvinnan tecknade åt mig att kliva innanför tröskeln så att hon kunde stänga bakom mig.

Hallen jag hamnat i var tom, där fanns inga möbler, ingen matta, ingen spegel. Det enda som fanns var ett stort hål i väggen, som en grottöppning, och genom det såg jag in i ett vardagsrum som också saknade möbler; bara en madrass och en man i gråa långkalsonger som yrvaket reste sig och kom ut till mig, fast inte genom hålet i väggen utan genom en dörr från ett annat håll. Han tog på sig en uniformsjacka som hängde på en krok och sedan kom mamman också, med en liten flicka i armarna. Henne hade jag sett förut, men nu var hon osminkad och såg glåmig och utschasad ut. De frågade vad jag ville och ropade efter Jonny, men han for mest omkring som ett elektriskt litet djur som ingen kunde hålla fast. Jag hade slagits med honom några gånger och visste att han på något egendomligt vis var helt tänjbar i kroppen, att han var som ett resårband som töjer sig längre och längre för att sedan oväntat och med kraft slå tillbaka mot en själv. Nu minns jag bara olika händer som försökte fånga honom och hallens gråmönstrade tapeter som såg ut som om någon klöst dem i strimlor. Jag fick tillbaka mössan eller jackan – eller vad det nu var för ett ärende som fört mig dit – och sprang det fortaste jag kunde tillbaka till vårt hus och upp i hissen och hem. Kanske såg det ut på samma sätt bakom fler av dörrarna, tänkte jag. Hål i väggen, ingen soffa i vardagsrummet, den trötta tristessen i de vuxnas ögon.

Jag vet inte hur man rätt beskriver overkligheten. Den hänger inte ihop. Den är utspridd. Den berättar om det söndersprängda, där sammanhangen gått förlorade.

Och den äger ingen blick.

– Inna!!!

Knövel hade förvandlats till ett hjälplöst, rasande barn. Han låg i sin säng och kunde inte komma upp och han fogade sig inte. Han skrek efter Inna så snart han hörde hennes steg genom dörren, så snart hon var inom husets väggar. Hans kränkta händer nöp och rev efter henne. Han hade ont. Ryggen ville inte hålla honom upprätt. Benen ville inte bära. Och i hans huvud och nacke värkte det och ömmade beständigt. Allt han hade var sin mun, sin tunga, sina ord. Och händernas ursinne.

– Men så hjälp mig då, morrade han när hon kom in.

Den lilla kammaren stank av avföring. Knövel hade slängt av sig fällen. Han låg naken, sånär som på tröjan, den trasiga, smutsfläckiga tröjan som åkt upp under armarna på honom. De tunna benen utstickande, de små skinkorna insmorda med blöt träck. Det var andra gången samma dag han låtit allt komma i sängen och nu blänkte hans ögon vasst och liksom lystet i en märklig blandning av osäkerhet och triumf.

—Ditt fä! utbrast Inna. Ditt lortaktiga fä! Varför kan han inte säga till?

—Du var ju inte inne, begriper du väl! Du hålls ju nere i fuset för jämnan, du är ju inte här när du behövs!

Inna hämtade vatten och trasor. Hö hade hon redan lagt in i kammarvrån. Ja, hon hade bäddat honom i hö för att kunna hålla rent. Hon nekade honom ett var om stråna.

—Du är som ett fä och då får du ligga som ett fä, hade hon sagt. Och det hade Knövel tagit fasta på.

Hon rev bort det nerträckade höet och slängde ut det på gården. Sedan tvättade hon de magra skinkorna och skrevet blänkande rena med såpa. Fadern låg hopkrupen och stilla under behandlingen, liksom samlad, helt och fullt uppsugen i sin egen kropp, i sina sinnesförnimmelser, i det nederlag han vände i seger.

Inna visste att han njöt. Att han straffade henne och tänkte fortsätta att straffa henne.

—Och vems är felet då, att jag ligger här som ett vrak utan både rygg och ben? Är det något jag kan rå för att dottern min far på mig som ett vilddjur, som en rasande klöskatta? Jag skulle kunna få dig på fästning för det här. Jag skulle vara i min fulla rätt att prygla livet ur dig, ska du veta. Och det ska jag fan ta mig göra så snart jag kommer mig ur den här förbannade sticksängen där man inte ens får ett var kring höet eller ett par byxor att skyla sig med –.

Nu låg han där halvnaken på sidan, i en krok med knäna upp. Låg där under hennes händer som arbetade med honom, som lade nytt hö i gropen under ändan på honom, som tvättade, rättade till. Metodiskt arbetade hon som hon var van att arbeta med djuren i ladugården, van att låta händerna känna sig fram, van att röra vid öppningar, skrevor. Nu var det Knövel, nu var det hans kropp. Hon måste låta händerna tänka, händerna känna, ingen annan del av henne; bara händerna som rört vid så mycket, som rört vid Hilma när hon var död och stumlemmad och skulle tvättas, som sökt rätt på de felvända lammen inne i tackans livmoder, rätat ut de tunna, slippriga benen, fått grepp om huvudets lilla utbuktning, som trängt in i djurmunnar och sökt bollen de stöter upp, idisslarnas spyboll som är läkedom för svaga djur. Det fanns en sorts lugn i Innas ansikte när hon arbetade, att om enbart hennes händer fick tänka, så var ingenting omöjligt. Fast det tog en stund, hon måste över tröskeln först, tröskeln att nu var det han, det var Knövel och minnen av hans hand som tvingade hennes dit den inte ville vara, minnen av tvång, att böja sig, kröka sig under honom, minnen av ett inre uppror och en förvirring, en sammanblandning av alla gränser.

Ändå var det hans puckel hon hatade värst. Mer än hans händer hatade hon puckeln. Som var det i den hans själ och hela sinnelag hystes. Hon kunde rentav tänka att det var ur den fula, vämjeliga utbulnaden på ryggen han sög sin näring, sin livssaft. Hon hatade den för att den var fel och för att den var en del av henne själv; för att också hon tvingats att livnära sig av den.

Nu var han klar, hon drog ned den uppkasade tröjan och bredde fällen över honom. Hon kom att tänka på främlingen, på den lilla glipan mellan tröjan och byxorna, strängen av hår som löpte från naveln. Hade hon verkligen sett det, hade det funnits? Hans armar kring henne, de lätta händerna över hennes hår. Kunde hon tro att det skulle vara så ännu en gång, kunde hon verkligen tro att det fanns? Knövel låg stilla nu, han bråkade inte, ville inte mer eller annat. Och Inna gick ut till sin pall vid spisen, fick fatt i sin slända och gav sig iväg i drömmerier. Eldsvärmen spelade över hennes skuldror och fick håren i nacken att röra sig som av försiktig blåst, av andedräkt. Händerna skötte sitt. Hon var säll en stund, hon hade hittat en glänta i skogen, en plats åt sig där allt fick finnas, allt som ville komma till liv.

Som barn hade Inna sovit i köket och Hilma och Knövel i varsin säng i kammaren. Men efter moderns död fick Inna flytta in i kammaren till hennes säng, det hade Knövel beslutat om. Ja, egentligen redan innan moderns död, för när hon blev sängliggande och sjuk ville hon ligga i köket för att se lite liv kring sig. Men sedan fick Inna inte flytta tillbaka till sin gamla säng. Han hade ju sagt, att nu är det du som är Hilma. Och i det ingick att sova jämte fadern i kammaren. Liksom att gå i moderns kläder i moderns sysslor. Inte en tygbit hade köpts åt Inna sedan Hilma försvann ur tiden.

— Här finns mycket att nöta ut innan det skaffas nytt, påstod Knövel när Inna förde saken på tal. Han visste inte så noga vad slags plagg en kvinna kunde tänkas behöva och Inna fick sno ihop blusliv och jackor av det hon kunde hitta och stoppa med garn i alla hål och revor. Någon vävstol hade det aldrig funnits i Nattmyrberg, men ull och ullgarn till vantar och tovade sockor. Hur som helst, denna vinter när Knövel blev liggandes ofärdig, flyttade Inna ut i sin gamla säng i köket, trots allt vad fadern hotade och sa.

– Nu blir det som jag har sagt, röt han åt henne.

Men hon bar utan ett ord ut sina fällar och sängkläder ur kammaren. Han rådde inte på henne. Han visste inte att hon hela tiden höll främlingen i handen, och tryckte den hårt när hon blev rädd.

– Det behövs plats för allt hans sänghö, sa hon bara. Det får ligga i mammassängen. Vi kan inte ha som en hölada inne i kammaren. Och nu får han finna sig i detta.

Hon lät karsk, men inombords darrade hon. Blunda, tänkte hon. Blunda och gå. För den kvällen när Knövel blev liggande slog tanken rot i henne. Att nu skulle hon ut i sin gamla säng, i barndomens säng, sängen från Hilmas tid i världen. Och sedan den tanken väl slagit rot hade hon samlat sig, stålsatt sig att driva den igenom.

Det blev för Inna en återkomst till barndomen att ligga och kika på de gamla välbekanta sprickorna och kvisthålen i väggen igen. Kvisthålet som liknade ett öga och som hon tänkt var Guds öga fäst på henne, trofast, inte dömande. Och alla sprickornas teckenspråk, ibland lekfullt, ibland skrämmande. Hon blev förvånad hur väl hon mindes alla världarna som blommat där på väggen, hur noga inpräglade de var, så att de genast återkom i full detaljrikedom bara hon lät ögonen spela över spåren; att hon mindes till och med tankarna hon haft då för länge sedan, funderingarnas långa räckor. Att en hastig ögats beröring med en fläck eller spricka räckte, så var allt tillbaka.

Det hade varit underliga år sedan Hilma dog. Hon kunde se det nu när den gamla tiden vaknat inom henne. Hon hade krympt sig, hon hade nästan inte funnits alls. Det hade varit hennes sätt att skydda sig. Hon hade exakt bara överlevt, uthärdat, och gjort sig så liten att ingenting skulle kunna komma vid henne. En liten ynklig myra kan man varken smeka eller slå. Bara krossa den kan man. Inna hade som varje annat litet kryp sett till att hålla sig undan, att kila iväg fort, att göra sig osynlig. Och det hade hon ju gjort så länge hon levt, hållt sig undan Knövels vrede. Men sedan Hilma dog hade hon krympt sig på ett grundligare vis, krympt sig inåt också och på något sätt hållt sig undan även sig själv. Hon ville göra sig genomskinlig som källvatten eller luft, hon ville inte bära något märke eller någon fläck. Hon ville finnas utan att igenkännas och utan att vidröras. Det var när hon trotsade fadern och gick ner till Krokmyr hon blev varse att något höll på att bli annorlunda. Som om hon för ett ögonblick väckts upp ur osynligheten, kanske i en längtan att få syn på sig själv, få fatt i något – en bild, en tråd – på väg att upplösas, att förloras. Sedan hade den främmande ropat på henne. Han hade kallat på henne. Han hade vägrat att inte se henne.

Men ett rum hade alltid funnits som bevarat henne, en plats där hon varit synlig. Det var fuset. Dit in kom inte Knövel. Där var det Innas sysslor, Innas tid, och där var en stor bit av den värld som modern och hon haft tillsammans. Lukten där nere, ljuset, det sparsamma ljuset – eller på vintrarna, eldsskenet som spelade på väggarna – det var något som aldrig kunde gå sönder, det hade alltid funnits, lika självklart som hennes eget ansikte. Sena kvällar och nätter när Knövel mist all besinning och i raseriet tvingat ned henne under slagen eller in under hans tunga, luktande fäll, kunde hon tänka, nästan som en besvärjelse, i morgon bitti, tidigt, tidigt är jag nere i fuset. Och då förnam hon inom sig ljuset därinne och ljuden från varma, idisslande djur som rörde sig lite fram och åter med de hårda klövarna mot golvet. Och fastän Hilma var död och inte kunde vara med henne längre i arbetet där, fanns hon som i luften, i andan. Att nere i fuset är vi befriade, Inna, där är vi oss själva, vi skrattar åt vad vi vill.

Nattmyrberg hukade under vintern. Snön som föll och föll så att den slutligen låg upp mot fönstren och solen som steg och steg, aningen högre för varje dag, aningen vidare i sin bana. Långsamt insåg Inna att fadern tänkte inte ta sig upp ur sängen, han hade hittat något där som höll honom kvar, han tänkte stanna där och grisa ned sig och låta sig skötas som ett barn; han syntes inte vilja upp i livet igen. Såret i pannan läkte, han slutade att klaga över huvudvärk, det fanns

ingenting som verkade sjukt eller skadat på honom.
Ändå låg han där och vägrade istadigt att ens pröva
sina ben.

– Men jag stöttar dig, försökte Inna.

– Du! väste Knövel och högg tag om hennes handleder och drog henne ned mot sig i sängen så att hans
ansikte plötsligt var alldeles nära intill hennes, så nära
att det blev obegripligt; ett landskap, en trakt, något
att gå vilse i. Du! Du stöttar inte, flicka, du fäller, du
stöter ikull!

Hon försökte vrida sig bort från honom men fick
inte loss sina händer, vred bara huvudet så att hon
slapp se honom, se hans upplösta, stormrivna ansikte
som präglats in i henne som en stämpel. Varför skulle
han mjölka henne på hennes hat, varför skulle han
ständigt klösa fram det ur vrårna, jaga fram det som
en vinterbjörn ur idet och hetsa det, reta det, sörpla
det i sig?

– Men jag sköter ju om dig –. Märker han inte att
jag sköter om han!? Hon skrek lågt som om rösten
tryckts samman i henne, pressats ihop till ett tunt, hest
flöde.

Då drog han henne ytterligare till sig och tryckte
henne därpå med kraft ifrån sig, så att hon tumlade
baklänges och föll.

– Tro inte att det är färdigt med mig bara för jag
ligger här, fräste han uppifrån sängen. En spottstråle
följde på orden, men den träffade inte Inna, hon var
redan på väg ut.

Men att Knövel rustat med ved för minst sju onda

vintrar, tackade Inna honom i tysthet för. Det räckte att hon spädde på i förrådet med vad hon mäktade och hann. Hon skulle klara det, tänkte hon, hon skulle klara det ensam med honom i sängen, det skulle gå även fast hon inte hade några skinn att sälja åt handlarn, hon skulle lära sig att snara fågel, hon skulle sticka vantar varje ledig stund och sälja, hon skulle göra ostar, vackra, runda ostar med stjärnmönstret på. Till sommaren skulle hon hålla den främmandes ansikte mellan sina händer och bli hel. Så tänkte hon nere hos djuren, i djurvärmen, i djurlukten. Så vågade hon sig på att tänka, fast hon visste att det nästan inte kunde vara sant.

Det gick trögt med våren. Vinterns snö ville inte smälta. I stället fortsatte det att snöa in i maj månad. Det krävs stort tålamod av människor när de ska underkasta sig vårar som dessa; att de inte brister ut i raseri och slår sönder allt de äger. Snön föll oblidkelig ur den gråluddiga himlen, stora hemska snötussar som lade sig tillrätta uppe på vintertäcket och täppte till och bäddade in. Eftersom det var nordan som rådde denna maj, var luften kall. Det fanns ingen lindring.

Aron satt på sin kammare och målade en tavla. Han tänkte att han skulle ge den åt Helga sedan. Bibeln hade han läst ut nu och tavlan fick han idén till när han läste Johannes Uppenbarelser. Det fanns en liten passage där som fäst sig i honom.

Ho äro desse, som uti de sida hwita kläder klädde äro? Dessa äro de, som komna äro utu stor bedröfvelse, och hafwa twagit sin kläder, och gjort dem hwit i Lambsens blod.

Han målade en samling vitklädda människor med bleka, allvarsamma ansikten och stora, liksom håliga ögon. De kom ur ett rörigt, spretigt mörker till vänster på bilden, vissa av dem var fortfarande kvar inne i det. Sina händer höll de sträckta framför sig som om de vore blinda. Under ett träd i tavlans mitt låg som i en glaskula Lammet. Det hade blå, oändligt blida men samtidigt lysande ögon. Ur ett litet sår i sidan rann blodet, rött mot den vita ullen, så att det bildats en pöl på marken vid sidan om. Bortom Lammet, längst till höger på tavlan, öppnade sig havet, ljust och vidsträckt, i en nyans av grönt eller turkost. Där hade Aron med blodfärgade bokstäver finstilt textat bibelorden.

Han berördes starkt av orden och bilden av de vitklädda, de ur den stora bedrövelsen komna. På det här sättet kunde han berätta för Helga om sig själv, och samtidigt tacka henne för allt hon avhållit sig från att fråga honom om. Att han var en av dessa som tvagit sina kläder, ja, också sina händer, i Lammets blod. Men ifall hans kläder var vita, visste han inte. En av figurerna på tavlan var han själv. Honom hade han målat i ljusgrå kläder. Men när bilden av honom var klar, hade han dolt ansiktet under en huva. Det blev för nära annars.

En dag lite in i juni kom sommaren. Snön låg metertjock och solen blåste sin hetta över den i puffar av varm vind. Med ens väcktes alla husen i Krokmyr till liv, dörrar slogs upp och röster for ut, väsen från all upptänklig verksamhet ekade mellan gårdarna. Överallt släppte man ut vintern, vattnet forsade på stigar och vägar, fåglarna satt i de knoppiga träden och pep.

Aron och Salomon sågade brådstörtat upp den återstående veden. Helga tog ut innanfönstren och tvättade linne medan barnen halvnakna lekte i snödrivorna, döva både för hot och förbannelser.

Efter någon vecka fanns bara minnesfläckar kvar av vintern. Landet badade i vatten, vägarna var floder, källrarna stod vattenfyllda.

En dag när de stod och sågade berättade Salomon för Aron att han sett Inna från Nattmyrberg inne hos handlarn en tid tillbaka. Och hade fått höra att gubben däruppe, Knövel som han kallades, blivit liggandes och inte mera tog sig upp ur sängen.

– Du kanske träffade henne i somras? inflikade han och sågen de dragit mellan sig stannade av.

– Ja. Jo, skyndade sig Aron att svara. Hon plockade bär en dag. Och då hälsade vi på varandra.

– I vart fall, fortsatte Salomon, sa jag åt henne att inte gruva sig för att be om hjälp. Ja, jag sa att du fanns ju i närheten i sommar, du kunde ju ta Balder och hjälpa henne hem med höet, om inte annat.

– Visst, sa Aron. Visst kan jag hjälpa henne. Han fick strida mot hettan som ville stiga i ansiktet på honom som om han varit en yngling, en ung pojke. Visst, sa han återigen och försökte möta Salomons blick manligt och fast. Jag är ju i närheten med hästarna.

Det steg rök ur skogen långt där nedanför. En smal, grå rökorm som skruvade och vred sig lite innan den spreds ut bland skyarna.

Inna hade gått till sittstenen hon hade, alldeles bakom huset, för att vila lite och spana efter främlingen. Det var kväll och hon var trött av slitet. Den här våren hade hon inte haft tid, eller ork, att lämna Nattmyrberg ens för att titta på hjortronblomningen. Det hade hon gjort alla andra år så långt tillbaks hon kunde minnas. Hon och Hilma hade brukat göra det tillsammans. Sedan hade Inna fortsatt att göra det ensam. Gått runt till alla de utvalda platserna och beskådat, begrundat. Hjortronblomningen måste man följa i sitt hjärta. Först när man verkligen sett alla blommorna, kunde man vaka och lida med dem de kalla frostnätterna, kunde man slås sönder med dem i slagregnen. Nu hade hon inte haft tid att uppsöka dem, nu kunde hon inte skydda dem i sitt hjärta.

Det var vad hon satt och tänkte, när hon fick syn på den grå röken som steg upp mellan granarna, upp ur trädhavet långt där nere. Det klack till i henne. Han hade kommit. Han var tillbaka. Hennes pulsar bultade, luften blev het och torr. Med hjärtat fladdrande satt hon så och iakttog rökslingan som krumbuktade sig ute i lufthavet. Som visade upp sig för henne, som dansade för henne. Nu var all trötthet bortrunnen, till natten skulle hon ge sig ut, fast inte till honom med en gång, han var kanske inte ensam än. Men till hjortronblommorna. I natt skulle hon uppsöka de utvalda platserna och ställa allt tillrätta.

Sommarnatten öppnade sig för henne. Hon släpptes in i fågelsången.

Ljuset var som ett vatten och hon vadade genom det.

Och hjortronblommorna blommade än, åtminstone de i fuktskrevorna, de i halvskuggan. Natten doftade starkt av myr, sött och kryddigt. Inna gned en skvattramkvist mellan fingrarna och luktade på dem. Han har kommit, tänkte hon. Minns han mig? Tänker han på mig? Jungfru Marie nycklar stod bland kråkriset, knoppiga, outslagna. Hon smekte lätt med handen över blommorna hon passerade, rörde vid roslingar, ängsull, harsyreblommor. Den vita, genomskinliga natten stod tät kring henne, den vek inte en tum, blev inte för ett ögonblick likgiltig eller undanglidande. Den dolde sitt mörker som på lek, den var draperad i ett osynligt mörker och dansade med sina vita slöjor för henne. Också i det vita mörkret kan en människa gå vilse, också där är hon blind.

Hon visste det och visste det inte. Hon fördes allt närmare honom. Hon gömde sig i fågelsången, i blommorna som blinkade åt henne, hon gömde sig i dofterna av brunst och död och uppvaknande som steg ur mossan. Hon gömde sig för sig själv. Hon lät natten föra bort henne, lät den trolla in henne i sig. När hon kände lukten av vedbrand i näsan, tänkte hon: det luktar människa. Och hon var framme.

På den öppna platsen glödde ännu elden. Hon hörde bäcken som högljudd forsade i närheten. Hon såg vindskyddet, iordningställt med färskt granris på de gamla stommarna. Innan hon ännu gjort riktigt klart för sig vart natten verkligen fört henne, kom den stora svarta hunden framstörtande mot henne. Han gnydde ivrigt och buffade med nosen mot hennes ben. Inna hyssjade oroligt och böjde sig ned att klappa honom. I samma ögonblick fick hon syn på främlingen. Han satt lutad mot en trädstam alldeles nära elden. Han såg rakt på henne. Hennes hand frös i hundens päls. Hans ansikte trädde fram knivskarpt för henne. Att så och så. Exakt så och så var hans ansikte. Och det var här. Det var nu.

Inna bars fram mot honom. Om det var luften, natten... Men hon bars fram som på en våg. Aron hade rest sig upp och när hon kom fram till honom lade han sina händer på hennes axlar och såg på henne. De var tysta, allvarsamma, ingenting kändes lätt. Det var som sårigheter i dem, en smärta som trädde fram nu, som trädde emellan; något inom dem som vintern berett, långt, långt under snön och som nu steg upp ur tjälen.

De andades tungt. De stod och såg på varandra och kände denna andning häva sig allt tyngre genom dem, som svallen efter ett stort skepp som seglat ut ur blickfånget. Ofattbara svall ur ingenstans. Inna kände hur hans händer slöts allt hårdare kring hennes axlar. Men tiden stod stilla, hon kunde inte röra sig.

– Inna. Aron suckade det ur sig.

Och äntligen bröts förlamningen. Hon tryckte sig in mot honom, hans armar höll omkring henne, hennes händer hade sökt sig in under hans skjorta och hittat hem. Men åtrån som väcktes i dem var inte leklysten. Den var hungrig, den liknade ursinne, den kom som ur smärta. Och med ens måste allt gå så fort, nu var de inne i något som var drivande och starkt, deras omfamning ville inte nöja sig, den sökte mer, den sökte med vilda, hårda fingrar någonstans ett fäste, en hållpunkt, någonstans en plats för allt detta inom dem som gav livsrum, spelrum.

Sammanslingrade som i en kropp tog de sig de få stegen in i granrisdoften under hans vindskydd och där föll de in i varandra, in i varandras famntag med benen hopflätade som vidjorna i en korg och med händer som rastlöst sökte och jagade den andra överallt i varje åtkomlighet. Utanför deras andhämtning fanns slutligen ingenting, den slet med sig hela natten; fågelsången, myggsurret, bäckens dån – allt hade de dragit in i sitt, allt var stämmor och sidoflöden, allt sjöd och sjöng i deras sång.

Mitt i denna virvel greps Inna av skräck. Det gick så fort. Och hans kropp var så beslutsam, hans händer så tvärsäkra. Hon kände sig plötsligt fången i en vild, hetsande dans och visste inte längre vartåt fötterna bar henne. Hon virvlade, snurrade och när som helst kunde allt bara förvandlas och hans händer vara fel händer och hans ansikte bara en mask som under sig dolde ett annat ansikte. Fel ansikte.

– Vänta, fick hon fram. Aron!

När rörelsen avstannat låg hon uppe på honom med hans ben i ett grepp kringom hennes. Hon lyfte huvudet lite för att kunna se honom. Men när hon fick syn på hans ansikte under sig, log hon. Det var så välbekant, så kärt, så alldeles rätt. Det kunde inte förvandlas, kunde inte skifta hamn. Han log tillbaka mot henne, han såg blyg ut, som om han blivit avslöjad med något. De tittade på varandra medan flämtningarna gick mellan dem i stötar. Försiktigt rörde Aron hennes ansikte med pekfingret, rörde hennes kinder, läppar, ögonlock. Hon blundade ett ögonblick och han vred sig under henne så att hon rullade över på rygg och de kom att ligga sida vid sida. Han stack sin arm in under hennes nacke och fortsatte att smeka hennes ansikte med sitt pekfinger. När hon återigen blundade, viskade han åt henne att hålla sina ögon öppna.

– Jag vill att du ser på mig, Inna min, sa han.

Nu var ursinnet borta. Och smärtan som brustit fram. Aron smekte henne med läpparna över halsen och örsnibbarna, smekte hennes läppar med sina läppar. Han såg hur hon log när han knäppte upp hennes blus och livstycke och lätt snuddade med munnen över hennes bröst och sedan, när han satte sig upp och vrängde av sig skjortan. Hon såg på honom hela tiden med det försiktiga leendet spelande i munvinkeln. Hon såg att han inte förvandlades, att han var han, mer och mera han. Och när hon åter fick syn på den fina linjen av hår som löpte ifrån naveln ned under byxlinningen, rodnade hon. Så snart han lagt sig intill henne igen, lät hon fingrarna varsamt löpa utefter den, följa den som vattnet en bäckfåra, som stegen en stig. Begäret slog upp i henne som torr, hårt knastrande eld.

Hon ville något med honom, men hon visste inte vad det var, mättlösheten öppnade avgrunder i henne. Med hårda fingrar grep hon tag i hans hår och tryckte sig in mot honom. Och nu var de i virveln igen. Kläderna de inte hunnit att få av sig löste upp sig som av sig själva. Inna kunde känna hans händer över hela sin kropp och ändå var det inte nog, ändå vill hon honom ännu mer. Nu kände hon hans fingrar, hur de rörde sig kring hennes sköte, hur de öppnade den yttre blygden och gick in under den i det mörka, hemliga, hur de rörde sig vid öppningen som fyllts av varm, honungstjock vätska. Hon låg stel och liksom avlyssnade de sällsamma vågorna av åtrå som spolade genom henne. Han halvlåg över henne, hon ville titta på honom men vågade inte. Det var för oerhört, det han gjorde nu. Försiktigt förde han sitt finger upp i henne. Där fanns ingenting som hejdade, ingenting som tog emot. Det förbryllade Aron lite, han hade trott att där skulle finnas något hinder, att ingen tidigare rört henne. Fast det gjorde honom också tryggare i detta som de rasat in i. Han drog ut sitt finger ur henne och lade handen över den mjuka lilla kullen. Så viskade han åt henne att öppna ögonen.

– Inna? frågade han. Ska vi fortsätta?

Hennes ögon blänkte som vatten och blicken ur dem var kommen rätt ur deras famntag. Hon tittade på honom utan att yttra ett ord. Sedan tryckte hon åter honom till sig, hårt, och han trängde in i henne.

Inna ropade till av den oväntade smärtan men han hörde henne inte, han lät inte hejda sig, det fanns inte längre någon väg ut ur det här, nu ville han äga henne, nu ville han komma bara djupare in. Och Inna ville också, hon ville uppsökas av honom, hon ville vidröras så som hon aldrig vidrörts förut, hon svarade honom inne i sig och hon kände som ett jubel över att hon kunde, att hon ville, att hon vågade.

Aron drog sig hastigt ur henne så att säden hamnade på hennes mage. Sedan låg de tryckta intill varandra medan ljuden utifrån växte in över dem. De låg som två små djur och andades, han smekte långsamt hennes rygg, länge.

Jag är rädd för nakenheten. Också när ingen ser den, när jag är ensam med min kropp, också när det inte finns någon spegel är jag rädd för nakenheten.

Den väldige främmande doktorn som sa till den lilla flickan: ta av dig tröjan, dra ned byxorna. Jag kunde känna min nakenhet inne under kläderna; en fasa. De vuxna som drog av mig byxorna för slag, för bestraffningar. De förde samman nakenhet och skam; en arvsynd. Att aldrig glömma nakenheten under kläderna. Att alltid bära nakenheten som ett sår utanpå kläderna.

I det som var min barndoms röriga orkesterverk, var skam och nakenhet ett tema. Jag känner det spelas på min kropp, känner så väl den gamla melodin bara efter två, tre toner. Att jag är aldrig skyddad; kläderna kan alltid kläs av, huden kan alltid kränkas. Min barndom lärde mig skammen som ett hemland. Mina föräldrar ville säkert något bättre, men det förmådde de inte.

I mitt vuxna liv har temat varit att undkomma

skammen, att gå omvägar kring den. Men vid njutningsporten står skammen på pass, den är dörrvakt där. Vill man ta sig in till njutningen måste man pressa sig förbi, komma otäckt nära. Det finns de som gör det med lätthet. De visar upp sitt vägpass för vakten – kanske till och med skojar lite med honom – och glider förbi, som en formalitet bara. Andra stannar kvar hos skammen och låter den vara för njutning, de kommer aldrig längre. Men jag fumlar skräckslaget i alla fickor efter passet, rädd att bli avslöjad för något, rädd att det är fel någonstans, att det fattas stämplar, fullmakter. Eller att skammen med lätt rynkade ögonbryn ska se på mig och fråga: Har du verkligen gjort dig förtjänt av någon njutning?

Vad skulle jag svara då? Skulle jag med klar och rättfram röst säga: Ja, det har jag. Nej, jag skulle rodna och med nedfällda ögon, instängd i min skam som i en säck av klösande tagel, skulle jag backa hela vägen tillbaka, bort från skammen, bort från njutningen. Inte för att jag gjort något att skämmas för, men för att skammen fäst sitt öga på mig och sett mig, utvalt mig.

Mina på många andra sätt välmenande föräldrar brukade stänga in mig i en garderob, för att skämmas, som de sa. Det var ingen stor garderob utan en helt liten, modern, fönsterlös garderob med en stång för galgar och en tvättkorg av hårdpapp. De stängde dörren bakom mig och den gick inte att öppna från insidan. Deras hemska röster utifrån uppmanade mig ursinnigt att skämmas, skämmas därinne. Den där garderoben kallades för skamvrån, den hade det namnet. Men de hade inte behövt be mig om att skämmas. Skammen levde redan om i mig som ett vanvettigt djur, ett bitdjur, ett bit- och klösdjur. Skammen och ett raseri så våldsamt att det nära kvävde mig. Jag var inte många år, kanske tre, kanske fyra. Inne i mig knöts tre knutar på en hårdspänd sträng: en knut för skam, en för kränkning, en för raseri. De glödde, knutarna, fast inte så att de brast. De härdades. De blev till klumpar, olösliga, stenlika.

Jag bestraffades aldrig för ofog, för elakheter. Jag bestraffades för att jag var besvärlig. De sa så. Besvärlig. Jag störde något, ställde till. En gång var det min ena stövel som sugits ned av geggamojan och försvunnit. Det sa bara slrrp så hade marken ätit upp och svalt min stövel. Jag tyckte själv att det var en märkvärdig händelse, att jag varit med om något stort och gåtfullt. När jag kom hemlinkande på en stövel blev det en skamhändelse.

En annan gång kom jag inte in när mamma ropade. Jag trodde det var en lek, som en kurragömmalek. Jag hittade på en sång: Nej, jag kommer inte, Nej, jag kommer inte, Nej, jag kommer inte. Jag satt grensle över ett staket och sjöng den där sången, vaggade med kroppen i takt och sjöng och sjöng.

Det går inte att skriva vad som sedan hände. Det var inte begripligt. Den lilla prinsessan offrades saklöst åt draken och det kom ingen prins och stred mot monstret. Hon fick vara själv med det. Och det sprutade eld och grön galla över henne, det piskade henne med ett uråldrigt, förbenat hat från främmande sagovärldar. Det vrålade åt henne att skämmas och hennes nakenhet blev outplånlig, den blev utan hud.

Långt senare ville du att jag skulle lita på dig. Du ville erövra min njutning, öppna min nakenhet som man öppnar grinden till en trädgård, klä av den all sin rädsla. Du ville att jag höll mina ögon öppna när du drack av mig. Att jag inte skulle söka att undkomma.

Jag tror inte du vet hur nära du slutligen kom mig. Men du slets undan medan jag ännu låg darrande och nyöppnad. Jag tror att vi var en akt. Och spjälkades.

Allt är nu länge sedan, allt ligger nedgrävt i snön. Barndomen, du. Det flyter ihop, det blir delar i samma värld av förflutenhet. Och ibland vet jag inte säkert om jag ingår någon annanstans än där, i snön.

Hon gick till honom om nätterna, fast inte alla nätter. De måste få sova också ibland. För när de träffades var de bara vakna. De låg under taket av granris som nätterna silades genom. Sin hunger mättade de med en än väldigare hunger. Mättlösa åt de och drack av varandra. När de pratade var det inte om något särskilt. De gav varandra bilder. Saker de sett, saker de upplevt.

Det att Knövel denna sommar var sängliggande gjorde allt både enklare och svårare. Det hände ju att han vaknade om nätterna och ropade efter Inna. Ofta låg han också vaken, sömnen kom och gick igenom honom, lätt och nyckfull. Hon kunde inte dölja för honom att hon var borta, han märkte att hon smög iväg. Men han var orörlig. Han tog sig inte ur sin säng; fick bara ligga där och höra hur hon fattades.

Ibland greps han av tankar. Att om hon inte kom tillbaka alls? Om hon försvann, bara lät honom ligga där? Fast då var det kreaturen. Dem skulle hon inte kunna överge, det var han nästan viss om. Den värsta tanken han hade var den, att hon skulle ta med sig kräken ifrån Nattmyrberg och sedan lämna honom ensam kvar. Men var det Inna? Var det Inna som skulle kunna göra en sådan sak? Knövel mindes hur hon skrek som liten, hur håret vägrade att växa ut på hennes huvud, hur ilsk och vass den lilla spädbarnsrösten varit. Den ville inte foga sig i livet, den ville sitt. Så hade den låtit. Och nu, tänkte han, var hon tillbaka i det där, åren som varit emellan kunde lika gärna aldrig ha varit. Hon var lika främmande och egensinnig som då hon föddes.

Knövel visste i själva verket inte alls om dottern var sådan att hon kunde tömma fähuset på djur och överge honom. Han visste inte vem hon var. Och tidigare hade han inte haft så stor orsak att veta det. Inte så länge hon gjorde som han ville. Han hade gått och inbillat sig att han format henne. Först inne i Hilma, inne moderlivet med sin säd. Sedan, då hon var ett barn, med sina händer, sin röst, sin vilja. Nu låg han och hörde hur hon tassade ut om nätterna till möten hon höll hemliga för honom, möten där han var utesluten.

I grunden var skräck och ynkedom de känslor som fyllde honom. Att han hjälplös hamnat i händerna på en främling. Men Knövel var rädd för skräcken och föraktade ynkedomen. De var känslor han inte ville uthärda. Han lät dem förbytas i hat och förbittring i stället, som var goda gamla bundsförvanter. Med dem fick han också med sig viljan, och det var viktigt. Han var ju mest som en vilja på två ben. Och vad hans vilja sa, det var att Inna sparats åt honom. Hon hade sparats åt honom när Hilma dog och på intet annat vis kunde det sedan vara. För Hilma var ett sår i honom, en sårighet som lämnats bar, en liten fläck av skyddslös ömhet. Och smärtan när hon dog hade kunnat stinga honom där, i det skyddslösa. Det var för att skydda sig mot det han högg tag i Inna och höll henne framför som en sköld.

Om det han gjort mot sin dotter genom åren tänkte han inte mycket mer, än att han gjort det, att det ingick. Han hade varken glömt det eller lagt det på minnet. I skydd av väggar sker det många saker. Alltid finns det någon som just piskar hunden, alltid finns det någonstans en hund som just blir piskad. Knövel tyckte sig känna livet. Och han hade sett att det var fult. Att även i den grannaste soluppgång kunde en oskyldig bli hängd. I världen som var hans hade fulheten redan segrat och han satte sig inte upp mot det, bitterhetens bottensats är också en triumf, ett bakvänt jublande leve Skiten, leve Döden!

Fjättrad nere i det stickiga höet började han att mura på ett hat med stenar som han inte ägde. I alla fall inte än. Men i hans tankar var redan Inna den som utan förskonande och med krittren i en lång rad efter sig lämnade honom att dö på Nattmyrberg. Och förbittringen över detta lät han växa i sig. Han lät den växa som en mur, liten och lättvält först men efterhand allt högre, allt stadigare. Hon tänkte lämna honom, dessa nattliga möten var bara ett förspel, ett första lossbrytande och uppbändande. Att han var ofärdig, puckelryggig, sängbunden, att han var hennes far, att han stod ensam i livet – det tänkte hon inte låta hindra sig. Nej, hon skulle fara iväg bara, och stjäla med sig djuren skulle hon också, låta dem blandas med en okänd, främmande besättning, blandas bort och upphöra.

Nästan med iver murade han sina stenar, kände han sin mur resa sig och växa. Snart måste han få hjälp av viljan och tvingas upp på benen igen; har man bara viljan kan man gå på skelettet, då krävs det varken muskler eller kött.

Om dagarna när Inna var hos honom och ingenting nämnde om nattliga färder, då lyste hon som en sol. Det stack och sprätte ur hennes ögon, händerna var heta och tvärsäkra, gången, hennes gång, var spänstig och gungig. Hon var som ett vilt djur i skogen just när solen blänker i dess päls; muskelrik och vig och samlad. Det kunde ha varit en fröjd att se henne. Ibland sjöng hon. Håret vällde ur huvudduken som ett vårvatten. Armarna gjorde stora, självsäkra rörelser, hon vred honom som ett stycke kött på skärbrädan, tvättade, torkade, klädde på och handskades. Knövel kände, att hon var inte tam. Fast han sa ingenting, ingenting mer än vanligt. Bygge och växande fick ha sin gång, i sinom tid skulle han värja sig själv och sin lott, värja det som sparats åt honom.

Inna visste inte om det själv. Hur hon lät Knövel se hur vacker hon var. Hon ville inte veta om, att av alla ögon var det hans i första rummet, som fanns för att skåda henne. Att hon ville se honom bländas av prakten som slagit ut ur henne, att just han av alla måtte häpna över hennes blomning. Det var ju ingen tanke som kunde tänkas egentligen, att den som han var, med tvångshänderna och munnens avgrundshål, med olyckspuckeln som en svulst inväxt i henne själv, att den människan skulle locka hennes höfter att vagga vildare och brösten till att vilja guppa och kullra sig som små livslevande lammungar under blusen. Att det var hans ögon som skulle berätta hennes skönhet för henne. Men så var det likafullt.

Inna såg bara Aron, som hon kallade främlingen nu, hos honom var alla hennes tankar. Hans smekningar ville inte lämna henne, de hade satt bo inom henne, hon var som ett träd fyllt av fågelbon, från varje klyka hördes pipen och sången, och prasslet ifrån alla löven i en bris, suset tvärs igenom. Hur skulle hon veta att det var fadern hon utsett till att se och värdera allt detta; att det var i hans blick det vann giltighet och laga kraft. – Se mig, lockade hennes gång, jag är i övermått så jag brister!

III
Gentagelsen

Men Aron var inte lugn. Ömheten han kände för Inna hade gjort honom spröd inombords. Alla väggarna var tunna som papper och han kunde känna sig som utan skydd. Plötsligt mindes han sin mor och sina syskon starkare än någon gång tidigare. Nästan som ett tvång växte önskan att få veta hur de levde nu. Och om de levde. Hans mor kunde ju mycket väl vara död utan att han visste om det. Det var en tanke som pinade honom in i sömnen och där tog gestalt i hans oroliga, röriga drömmar. De nätter han var ensam och de långa, tysta dagarna i skogen lekte han med tanken att han skulle skriva ett brev hem till sin familj, berätta för dem att han levde, be dem om att ge honom förlåtelse, besvärja dem att skicka ett livstecken, en hälsning. I tankarna skrev han brevet om och om igen, putsade, strök, formulerade om. Hur han levt som en hemlös skugga ute på haven i mer än tio år, hur han slutligen hamnat i dessa avlägsna skogstrakter och blivit insläppt i ett hus, hos en familj som gjort honom till en av dem, till en delaktig, en medlevande. Och nu Inna, att han mött Inna som han tror att han älskar. Och hur allt han älskat väckts till liv i honom tack vare henne; moderns röst och ansikte, syskonen som växte upp tillsammans, nära som en kull med hundvalpar, tätt tillhopa alla barndomsåren. Att nu uthärdade han inte längre att vara skild från dem alla, nu måste han få veta att de levde, att de fanns på jorden, att de inte bara var skuggbilder ur hans skuggvärldar, suddiga teckningar på väggen, en snabbt förbiilande rörelse.

Han hade ju varken penna eller papper med sig ute på skogen, det var i tankarna han skrev och skrev om, brevet var en dröm han närde, en orolig, klösande dröm om en möjlighet, om en omöjlighet.

Sista natten Inna var hos honom den sommaren berättade Aron om sig själv. Han berättade för henne det han aldrig tidigare berättat för någon, om varifrån han kommit, om vad som drev honom på flykt, allt anförtrodde han henne, allt utom namnet, sitt namn; det kunde han inte med att minnas, det kunde han inte uttala.

– Jag växte upp på Färöarna, började han. Men det vet du säkert inte vad det är.

Inna skakade på huvudet.

– Det är en grupp öar halvvägs till Island, långt ute i havet. Och jag växte upp på en liten ö där som heter Mykines. Det är långt härifrån, Inna, en annan värld.

De hade suttit tillsammans framför hans lilla lägereld. Nu lade sig Aron ned och blundade. Han drog ett djupt andetag och fick fatt i Innas hand som han höll i sin.

– Det var far och mor, en syster som nästan var jämngammal med mig och två yngre bröder. Vi hade båt och fiskade som alla andra, och så tog vi ägg och fåglar vissa tider. Alla hade får och de gick fritt och betade hela året, ungefär som renarna här hos er. Jag var äldsta sonen och fick tidigt följa far min på sjön och på fjället; överallt där han var, var jag. Och jag beundrade honom, ska du veta. Han kunde allting som jag ville kunna. Ständigt var mina ögon på honom. Hans händer, hur de gjorde. Och vad han sa. Och hur han nöp ihop hela ansiktet i blåsten och tvang båten genom vågorna; han hittade alltid en väg genom vinden och vattnet, det spelade ingen roll hur hårt väder det var. I mina ögon var han det modigaste och starkaste som fanns. Allt verkade enkelt och självklart för honom. Att fira sig ned i repen till klipphyllorna där fåglarna fanns eller att vända lammen rätt inne i tackorna. Jag minns hans händer, hur lugnt och vackert de arbetade. Inget av oss syskon behövde vara rädd för far. Han brusade inte upp.

Det var annorlunda med mor egentligen. Hon kunde fort bli otålig. – Ut! skrek hon. Ut med er! Och då sprang vi ut, kvickt. Mor var troende, ganska strängt, och tillhörde som alla andra i vår by en pietistisk församling. Om söndagsförmiddagarna skulle vi sitta blick stilla i stugan med händerna knäppta i knät och benen raka. Sedan gick vi i en tigande flock till bönhuset. Far följde oftast inte med. – Jag läser bönerna bättre hemma, brukade han säga med en nästan omärklig blinkning i ögonvrån. Jag var rädd att han retade upp Herren med sitt trots, men i mitt hjärta visste jag på något vis att Gud såg blitt på honom ändå. Det var mycket himmelrike kring min far. Ibland när det gick dåligt med fisket och alla i byn klagade och ojade och sa, att detta har vi fått till straff för all vår uselhet, då brukade far säga, att vi måste förlåta havet för all utebliven fångst, vi måste förlåta havet att det nekar föda oss ibland. Då spetsade mor honom på sina ögon men hon sa ingenting.

Aron satte sig upp och började peta i elden med en pinne. Inna satt med armarna kring de böjda benen och hakan mot knäna. Hon tittade oavvänt på honom.

– Vill du höra mer? frågade han. Ska jag fortsätta?
Och Inna nickade.

– Jag var tretton år, nästan fjorton, och närapå en man, det ansåg i alla fall jag själv. Det var vår och jag var med far och några andra män och tog fågel uppe i fjället. Vi firade ned oss i rep till hyllorna där fågeln satt. Förstår du? Det var ju så brant att det gick inte att klättra. Så en fick rep om kroppen och sänktes ned av de andra. Sedan tog han så mycket han kunde nere på klipphyllan innan han hissades upp igen. Så gick det till. Men den här dagen började det regna, inte mycket, det duggade bara. Far var på klippan och sökte ett ställe där han kunde fästa repet och så hade regnet gjort berget halt och vanskligt. Jag stod och såg på honom, som alltid, och fick se hur han plötsligt slant till med ena foten och halkade, så att han efter några krumbukter ut i luften bara föll baklänges rätt ut från fjällkanten, ut i avgrunden. Du ska veta, att jag glömmer aldrig den synen. Och han föll i en evighet, så tycktes det mig. Armarna utsträckta, ropet som aldrig kom ur honom. Han som låg där i luften och sögs långsamt nedåt. Och till slut, det hårda, våldsamma när han slog i marken nere på stranden, långt, långt därnere. Jag minns inte hur jag tog mig ner till honom, minns bara hur han låg där och blodet som färgade stenarna kring hans huvud, det var så rött, så ohyggligt lysande rött.

Aron måste avbryta sig här. Det var underligt att höra detta berättas, även fast det var han själv som berättade. Han kastade ett öga på Inna och hon satt kvar i exakt samma ställning.

– Och han var död? frågade hon.

– Ja, han var död. Nu var far min död. Och jag grubblade oavbrutet över vad Gud kunde ha menat med att ta bort far. Om det var för att han ville ta de bästa hem till sig, som prästen sagt en gång på en barnbegravning. Eller om det var ett straff för självtänkeriet. Jag hade nu blivit husbonden i familjen eftersom jag var äldste sonen, och det var egentligen min enda tröst, att söka göra som far, att vara som han så mycket det någonsin gick. Utom det att jag troget gick till bönhuset. Och så gick ett år. Sorgeåret. Då dök det upp en karl hos oss, en främling från Eysteroy som hade med bönhuset att göra, det skulle byggas om och bli större. Han kom in i huset hos oss och han åt mat med oss och en dag sa mor, att nu skulle hon gifta om sig. Nu skulle vi få en ny far, sa hon.

Aron drog händerna genom håret. Återigen tog han Innas hand i sin och nu tittade han rätt på henne när han berättade.

– Du förstår, jag tyckte inte om den där mannen. Och jag tänkte inte att jag skulle ha en ny far, jag ville inte för mitt liv ha annan far än den jag mist i fjället. Jag tyckte att den här mannen klampade in med orätt i huset och att mor min svek och ville ta vår sanne far ifrån oss. Dessutom misstrodde jag mannen. Att han ville bara gifta sig till gården och fisket och ta ifrån oss det som var vårt. Men mor blev ursinnig när jag tog upp de här sakerna med henne. Här skulle jag inte komma och leka husbonde, som bara var en spoling, sa hon. Och så gifte de sig. Och min motvilja växte till hat. Om nätterna låg jag och stred med Gud. För jag ville döda den där mannen. Och jag ville ha med mig Gud i detta. Ja, Herregud Inna. Är det säkert att du vill höra fortsättningen nu?

Hon tryckte hans hand och lät läpparna snudda vid den.

– Kanske hade det gått ett halvår lite drygt sedan giftermålet. På mor syntes redan att ett nytt barn var på väg. Ett barn efter den mannen. Och jag var femton år och fullstor. Jag hade allt uttänkt och klart sedan månader. Att bara rätta ögonblicket infann sig, skulle jag döda honom. Jag kommer helt tydligt ihåg hur han såg ut där han satt vid härden sent en vårnatt och redde ut en rev som trasslat hop sig. Mor min och syskonen hade gått till sängs, jag hade varit ute en vända hos hundarna och kom just in. Utan att jag minns hur det gått till stod jag framför honom med kniven höjd. Han blev väl överrumplad. Försökte knuffa undan mig och grep ett vedträ ur branden att värja sig med. Då rände jag kniven i hans hals och sprang ut. Ja, Inna, se händerna mina, de smutsiga händerna skälver. Ja. Det var natt. Jag for ut, jag hade inte begripit ännu vad jag gjort, jag sprang bara. Sedan kurade jag ihop mig bakom en stenbumling och grät och skakade. Träcken hade gått i byxorna på mig, det kletade och stank. Gud, så liten jag kände mig. Så alldeles för liten för min stora, vanvettiga gärning. Vad som sedan blev begriper jag inte riktigt, men jag måtte ha slumrat till en stund för i nästa syn är det gryning och stugan, gården vår, brinner för fullt och jag får se mor och syskonen komma utrusande på tunet, skrikande. Och mor, hennes röst som skriker ut mitt namn. Hon skriker ut mitt namn som en förbannelse. Som utslungade hon en förbannelse.

Aron satt tyst och stirrade in i glöden. Efter en stund rörde Inna försiktigt vid hans arm.

– Fortsätt, viskade hon.

Han vände sig långsamt mot henne och såg på henne, såg på varje liten del i hennes ansikte som letade han i det efter en plats, ett fäste.

– Jag löpte ner till sjön, till båten, hopkurad som ett jagat djur, ett villebråd, och så ut med båten, ut på havet västerut, bort från öarna och ögonen och mors hemska skrik och rökarna från branden. Först rodde jag, sedan satte jag segel och jag vilade inte förrän havet ensamt omgav mig och Mykines och eldsröken försvunnit bortom synranden. Då revade jag seglen och lät båten driva. Jag ville dö. Skammen var så våldsamt stark att jag trodde att den skulle göra slut på mig alldeles av sig själv. Fräta bort mig som en syra. Ett dygn måste jag ha drivit, för det var gryning igen när jag väcktes av rop. När jag såg upp låg där en stor båt alldeles nära min och folk stod på däck och vinkade och skrek åt mig. Jag låg kvar nere i båten och tänkte, nej, de får inte plocka upp mig, jag vill inte bli räddad, jag vill inte leva. Och jag ville aldrig mer bli sedd av någon människa, aldrig igenkänd, aldrig vidrörd. Jag ville gå med en säck trädd över huvudet hela vägen fram till galgen och ingen skulle tala med mig, titta på mig, avkräva mig svar. Men de drog ju in min båt i bredd med deras och en karl kom ned och lyfte upp mig till den stora båten. Jag begrep inte mycket av vad de sa, de pratade engelska och hade seglat ifrån Skottland. Men de skulle i varje fall till Island, så mycket förstod jag, och de var lastade med kol. Ja, sedan var det inte så mycket mer. Jag var sjuk och låg i hög feber nästan hela resan. När vi kom till Reykjavik var jag matt och mager. De gav mig min båt som de haft på släp och lämnade mig där i hamnen. Och jag levde. Till straff för vad jag gjort, levde jag. Så tänkte jag.

– Så då är Aron inte ditt rätta namn?

– Nej, det är det inte. Och jag vet inte om det här är mitt rätta liv heller. Jag kunde ju stått fast vid mitt namn och gått till polisen och sagt att jag var en mördare, att jag mördat min styvfar med en kniv. Men jag

var för feg, Inna. Jag stod inte ut med att vara den jag var. Jag vågade inte.
– Men nu har du berättat det för mig.
– Ja. Nu har jag det.

Det är att vara älskad som är svårast. Inte att älska. Barnet tar emot, som luften, som mjölken. Men den vuxne som lärt sig att skyla självklarheten, skyla nakenheten. Som blivit plågsamt medveten om sig själv och frågar: vem är det som påstår sig älska mig? Vem är det som tror sig känna mig?

Det tycks då enklare att ösa kärlek ur sig själv som ur ett kärl, skedtag för skedtag, än att ta emot, att fyllas, fyllas upp med någon annans kärlek, fyllas upp av främmande.

Jag kan se mig själv med ryggen mot elspisen; klockan kanske två, kanske tre om natten; fläkten igång för röken; ropet ur min mun:

– Ja, men du älskar inte *mig!*

Orden hade kommit före tanken, tankarna grävde vidare i mörkret:

– *Du ser inte mig!*

Det var de där nätterna när vi hamnade bortom alla linjer, när vi förvandlade till insekter i blindo, i värjo, stred mot varandra. Och jag minns hur jag, när jag hörde mig själv ropa de där orden liksom lystrade till och stannade upp inför dem. Och jag kände med vilken besatthet känslan levde i mig, att du kunde inte se mig, inte sådan jag verkligen var, utan du såg en spegling, en kanske delvis liknande avbild, ett beläte. Och det var inte det fulaste du gick miste om, det visade jag ju upp för dig under de här nätterna. Nej, det var det högsta, det vackraste, världar som ursinnigt rasade i mig för att du inte kände dem och likväl sa: jag älskar dig.

Till sist ville du lämna mig. Det klandrar jag dig inte för. Men jag ville inte låta dig gå. En beslutsamhet jag under alla åren vi haft tillsammans aldrig tidigare känt, steg nu upp i mig. Vi var så såriga, så rivna. Du planerade mitt liv med barnen utan dig, pratade om flyttningar, om lämpliga hus. Vi for till och med och tittade på hus där du inte skulle bo, bara komma och hälsa på. Vi sov över på madrasser i de tomma rummen en gång. Det åskade hela natten, blixtarna löpte som galna i järnvägsrälsen i närheten. Du var stängd för mig och avvisade mig, inte bryskt men envist; med små bokstäver, som lärarna brukade säga i småskolan. Vi pratade om praktiska saker medan åskvädret skrällde i väggarna. Jag talade som om vi visst skulle bo tillsammans i huset, bara för att inte väcka ulvarna, de förtvivlans vargflockar som hungriga strök omkring. Och som nafsade efter mig i varje försiktig anmärkning du gjorde, om ett annat slags framtid. Att det skulle vara ett hus där jag klarade att bo ensam.

– Men du kommer väl och bor här ibland?

– Ja, jag kommer och hälsar på. Så ofta det går.

Jag ville inte ingå i dina planer. Jag höll mig fast i min beslutsamhet, släppte den inte.

Och du lämnade mig inte. Det var inte något som bara blev. Det var ett beslut. Du sa ja till mig. Jag låg naken på en soffa. Din blick var mild äntligen, utan kantigheter. Blunda, sa du. Var stilla.

Och du smekte mig. Luften var spröd i rummet, liksom utmejslad i komplicerade mönster, som små, små frostkristallklockor i de tunnaste björkgrenarna en vinterdag. Min njutning var röd och kysk, det var du som bar den, du som höll den i dina händer, i din mörka munhåla; jag bars i dig, jag lät mig, lät dig.

Det här hade jag inte tänkt berätta. Men det hör samman med det jag hörde mig själv ropa de där nätterna. Det hör samman med ensamheten. Jag vet inte vad det är som händer en, när barndomen i stycke efter stycke lossnar och faller av. När barndomens absoluthet under loppet av år punkteras och ett annat slags ljus pressas in, ett annat seende. Om det är att man upphör med att vara. Och i stället alltmer tycker sig äga, tycker sig vara i besittning av den person man kallar Jag och som man sedan ägnar sig åt att bygga ut. Det finns ju en person hos barnet också, en ofta nog tvärbestämd röst som skriker Nej, någon som kastar sig på golvet och tjuter Dumma, Dumma. Jag menar inte det, inte så. Barnet har också ett jag, men inte så utbyggt och utstofferat, inte så tyngt av minnesting och mönster och smuts; det har inte byggt ut det än, inte diktat in en värld av rebusar och labyrinter i det, inte börjat bära det som skydd. *Låten barnen komma till mig,* sa ju Jesus. Jag tror det är i förmågan att bli älskade som barnen hör himmelriket till. Att kunna ta emot kärlek som man tar emot ett regn som faller över en; tillåta sig att bli blöt fast inte man själv vridit på kranen.

Våra år tillsammans stred jag med kärleken. Jag värjde mig och slogs. Du måste lita på mig, sa du. Jag älskar ju dig. Och det var obärbart för mig. Jag trodde inte att jag kunde uthärda det. Det var som att få mina byggen dränkta, mina väldiga, sinnrikt ordnade städer nedsjunkna i vatten. Efteråt har jag frågat mig var såret satt, mitt dödliga sår som jag måste skydda. Och samtidigt, denna törst, den undre, andra törsten: att bli älskad. Något så enkelt som en dag, en morgon. Vara älskad.

Den första tiden vi hade tillsammans, förälskelsetiden, var inte svår. Ändå kände jag mig då så älskad, så fylld upp till kanten med kärlek, och ville fyllas bara mer, bara änmer. Förälskelsen tror jag liknar ekot. Stämman som hörs långt bortifrån bergen, klangfull, stor. Man kan inte tro att det är sin egen röst man hör.

Barnets absoluthet är att det lever i en ojämförlig värld. Denna absoluthet kan inte värja sig, varken mot grymhet eller kärlek. Allting är och kan inte vara på något annat sätt. Eden var också på gott och ont. Fast ojämförligt, utan åtskillnad.

Det bor ödmjukhet i att älskas. Jag skriver inte underdånighet utan ödmjukhet. Att kommas vid av något som är främmande, som inte är man själv, och låta sig fyllas till kanten av det. Som sänka sitt ansikte. Som dra undan sin blick för en stund och låta en annans.

Jag vet inte vem som tog mig hit. Om det var du eller om det var hon Inna som ligger härute. Det kan också ha varit landskapet som lockade mig in i sig, som en huldra lockar en man in i sin kropp. Så är jag förtrollad nu? Har hon vänt min syn, huldran? Jag känner ingen oro här, underligt nog, att jag skulle bryta upp. Tänker att jag kan sitta här en tid, en mellanrumstid, och lägga vedpinnar i Innas spis och äta av potatisen. Det finns en försiktighet i mig, något på gränsen mellan varsamhet och vaksamhet. Hon ryms i det, hon är närvarande, det är en del av vårt möte. Och du. Du också. Det är som om jag trätt åt sidan, gått ut ur bilden, för en tid.

Han hade fått komma inför ögonen på Knövel den här sommaren. Det hade inte kunnat undvikas. Inna skulle ju få hjälp med slåttern, var det utlovat, och gubben ville se. Han ville se mannen. Och Aron hade stått i kammardunklet framför höbädden och försökt ställa om ögonen från sommaren därute. Det var säkert bra att det tog en stund innan han såg, för blicken ur gubben hade varit som en spottstråle.

— Så där är du. Hade han sagt. Och sedan inget mer.

Aron hade blivit stående kvar en stund och fumlat med några artigheter, sedan hade Inna kommit och velat ha ut honom därifrån, att nu fick de ge sig ut i arbete. Det var Knövel som envisats med att vilja se på slåtterkarlen, men Inna tyckte inte om det. Hon lämnade Aron ensam med fadern, stod inte ut med att se hur han fogade samman sina tankar. För det visste hon ändå. Och hon ville inte vara vittne till hur världar blandades, som borde hållits isär.

När sommaren var slut och Aron farit bort med sina hästar, hade Knövel mycket material. Inna såg hur stinn han var. Hon höll sig undan. Hon handskades med honom som med något som nästintill inte finns. Inte skräck, inte dydjup förbundenhet.

– Här får han gröten!

Hon försökte låta nästan glättig. Som att det gick att halka över Knövel. Intet känna, intet veta. Men Knövel hade i all sin sysslolöshet en myckenhet av tid för sina tankar, han halkade inte över någonting utan fingrade och höll i allt han fick för händer. De långa, tomma timmarna vigde han även åt övning. Till en början liggande: benen, ryggen. Han sträckte ut, han prövade musklerna. Lyfte ett ben, lyfte nästa. Lyfte gumpen, stred med svanken. Långsamt, långsamt höll han på, fyllde sommarens, sedan höstens, sedan vinterns dagar – och de långa, sömnlösa nätterna – med dessa närapå osynliga, ljudlösa små övningar.

Han måste upp. Han måste visa livet och alla makterna som varit mot honom. Att ryggen som knäckts, att Hilma som stulits, att all jävelskap som gaddat hop sig mot honom genom alla år. Han hade överlevt, i en rest av ursinne fortfor han och han tänkte inte låta livet krossa och slå sönder honom, det mandatet var det bara döden som ägde. Och när han hade legat länge nog i höet hade han insett, att det var inte döden ännu som sökte honom utan livet igen, livet som var efter honom. Och då började han öva, då bjöd han motstånd.

Han hade tänkt nånting en gång. Att fast ingenting utom lottlöshet givits honom från begynnelsen, skulle han bygga upp en värld åt sig. Det vart Nattmyrberg som blev platsen. Och det var en hård lott. När alla andra gav upp hölls han kvar vid den. Att här. Och Hilma förstod på ett vis. Hon hade också det där inom sig. De höll samman i att bli kvar på Nattmyrberg och bjuda all tänkbar njugghet motstånd. Fastän på skilda grunder. Hon bevekte det goda att se till henne. Han var i krig mot allt som inte ville. Men de var i lag om det, i osagdheten var de ense. Det var han och Hilma på Nattmyrberg. Och så Inna då, som blev till sist. Inna som blev kvar när Hilma stulits bort.

Så var det nu ännu en vinter. I Krokmyr och i Nattmyrberg. I hela det tigande Hohaj. En stor och vit vinter som liknade en värld mer än den liknade en årstid.

Aron och Inna hade gjort en överenskommelse. De skulle inte träffas under vintern. Det skulle bara bli en plåga för dem att hålla på och försöka. Men de kunde lämna brev och meddelanden till varandra och lägga dem i en högstubbe alldeles innanför Malgovägen, invid stigen upp till Nattmyrberg. Och sopa igen spåren efter sig.

Aron var tung till sinnes denna vinter. Han hittade inte ut ur sina tankar. Flera gånger hade han lust att anförtro sig åt Helga och berätta om Inna. Kanske skulle tankarna bli klarare om de sades ut i luften, i stället för som nu strömma runt som ett fiskstim i en virvel. De borde ju egentligen gifta sig, Inna och han, var en av hans tankar. De borde leva öppet som man och hustru. Det var inte rätt att vara nära varandra som de i hemlighet och utan en prästmans välsignelse, ja, det var knappt han visste om det vore rätt även om de varit gifta. Samtidigt var det ju så att Aron inte tyckte sig ha rätt att gifta sig heller, det hade blivit som en bestämmelse för honom, att hans liv var ett botgörarliv. Och det måste vara ett utanförliv, ett ensamliv. Han hade gjort sig urarva, han ägde ingen rätt till familj, den rätten hade han själv i sin dårskap berövat sig.

Men så nu Inna. Det skakade honom hur han legat samman med henne. Hennes ansikte nedanför hans, hur han drevs att se det förvandlas, se det antändas av den eld som rasade i honom. På något underligt vis var det själva hennes ansikte som tvang honom, som drev honom. Att se det öppna sig för njutningen blev hans salighet, i hennes ansiktes slutna stränghet och samling innan det brast som i blomning, kunde han läsa någonting som både var honom främmande och han själv. Det skakade honom att han efter alla dessa år visat sig rymma en sådan blind och förvildad lidelse. En sådan kraft som enväldig sökte sitt. Och hur brottsligt han än visste att det var som han gjorde, tyckte han likafullt inom sig att det var rätt. Det var nästan det värsta, att han tagit sig rätten att trotsa de bud han fortfarande höll för heliga. Han gjorde ju fel, inte enbart i förhållande till Bibelns bud, han gjorde fel mot Inna också. Hur försiktig han än sökte vara kunde hon ju bli med barn och vad skulle han då ta sig för, vad hade han då för en plan?

Det fanns två skäl till att han inte anförtrodde sig åt Helga. Det ena var att han inte ville avslöja sitt kärleksförhållande med Inna. Och det, hade han insett, berodde på att han inte ansåg sig vara en man som kunde hamna i kärleksförhållanden överhuvudtaget. Att hålla det hemligt var som att halvt om halvt låtsas att det inte fanns; att blunda med ena ögat. Det andra skälet var att han visste exakt vad Helga skulle säga åt honom. Han kunde för sitt inre öra höra hennes höga, hårdklingande röst:

– Ja, men gift dig med flickan, då! Det är väl inget att gå och grubbla över!

Och så hennes skratt.

Men det rådet ville Aron inte höra. För så enkelt var inte livet. I stället var det en härva av knutar, och nya knutar som uppstod ur knutarna som funnits innan. Och för att lösa dessa knutar måste hela långa linan halas in, med allt det förflutna i hårda klumpformationer i änden. Och där var ett tredje skäl till att han inte kunde anförtro sig åt Helga. Hans förflutna tryckte sig så nära mot det han upplevde nu att det var knappt det gick att hålla det utskilt.

Inna gick inte heller och tänkte på giftermål. Hon hörde ju till Nattmyrberg och eftersom de skilda världarna i hennes liv inte fick lov att blandas, var det också omöjligt att Aron flyttade dit. För till Nattmyrberg hörde även Knövel och allt hans. I det kunde inte det ena skiljas ut från det andra. Kanske att bortanför Knövels död ett giftermål med Aron kunde skymtas, men så långt vågade hennes tankar inte nå. Sedan var det allt som levde nere i fuset och som var Innas mer än någonting annat. Det var inte bara djuren och omvårdnaden om dem, det var inte bara ostarna och smöret och ullen och skinnen, inte bara lamningar och killingar och stinna, varma juvren, det var Hilma också, moderns ande som rymdes därnere. Mest var det för hennes skull som tanken att lämna Nattmyrberg inte kunde rota sig i Inna. Ensam med Knövel hade hon fått ty sig till modern så orimligt, att det tvärs igenom dödens vägg växt ut en navelsträng som band dem vid varandra. Utan fuset och sysslorna där skulle navelsträngen slitas av och både Hilma och Inna bli skugga och minne, ur sammanhangen lösgjorda vålnader.

Utan att någon enda gång träffas, delade Aron och Inna denna vinter och sedan den oändligt långsamsmygande våren – som ibland tog ett kliv tillbaka in i snödrivorna, ibland ett framåtskutt i någon felflugen sommarvind, men som oftast stod på fläcken och stampade med barmarksringarna kring träden orörliga; svarta slantar bara som tänkte ligga där. De gick i varandras tankar, i varandras rörelser, i varandras blick. Inna fick ett par små brev från Aron som hon mödosamt stavade sig igenom. Där var hans goda händer inne bland bokstäverna, händerna som höll kring henne och bevarade henne och lät sitt ansikte lysa över henne. Ett par gånger försökte hon också att få till ett brev, men det gick inte så bra. I stället skickade hon pressade blommor, en ost, en hårslinga. Varje gång hon skulle ned till handelsboden hoppades hon få se honom. Det var visserligen bara tre ynka gånger på hela långa tiden han vistades i Krokmyr, men hon hoppades ändå, han kunde ju råka komma gående, andra bybor kom ju gående, en del var till och med inne hos handlaren.

– Vi får försöka låta bli att tänka på varann, hade Aron sagt.

Det kunde ingen av dem. Oron red dem, nätter som dagar. "Det finns ingen ro där du inte är", skrev han till henne. "Til Aron med gohd händren", skrev hon till honom. Aron försökte teckna hennes ansikte på små pappersbitar som han sedan matade kaminen med. Han kom inte åt uttrycket i det. Enskildheter kunde han minnas, som att hennes ögon låg ganska djupt och att läpparna var kraftfullt formade. Och att allt var smått, att det var ett litet ansikte. Men helheten, det där som drabbat honom omedelbart när han första gången såg henne, det kom han inte åt.

Inna hade mycket tid för sig själv. Så mycket tystnad. När solen åter började att värma sittstenen bakom stugan, stal hon sig en stund där om kvällen. Uppflugen på det stora mossklädda blocket kunde hon se ned i dalarna under Nattmyrberg. Landskapet var som en kropp där det höjdes och sänktes under snötäcket. Skuggorna flöt över det. Här och var stack skogar upp som flockar av stillnade djur. Hon såg Aron framför sig som ljus mest, och de havsblå ögonen som fågelkvitter i majträden, så som han brukade titta på henne när de älskade. I tankarna beskrev hon honom för Hilma. Hur han såg ut, vad han gjorde med henne, varje detalj i vad han gjorde med henne, i synnerhet det hans händer företog sig. "Med de där händerna nästan som omskapar han mig", försökte hon förklara. För det var så hon upplevde det. Hon rörde sig som i en invecklad dans mellan hans varma handflator. Sitt ansikte höll hon uppåtvänt och hela tiden såg han in i det, hela tiden hade de blickarna i varandra. "När vi ser på varandra så längtar vi", berättade hon för Hilma, "och när vi är tillsammans så längtar vi". Hon ville att modern också skulle förstå hur obegripligt detta var. För Knövel fanns det nästan inget utrymme alls kvar i Inna. Han hade trängts ut i en karg och avlägsen utmark där ingenting levde och dit ljuset svårligen nådde. Hon såg honom visserligen där han låg i höbädden, men det var knappt. Mest var han lite hud och lite ben och en mun det skulle stoppas något i. Han var utanför henne nu. Han var på andra sidan om den vägg som var hennes hud och hennes ben, hans blickar eller ord eller hårda sträva händer tog sig inte igenom. De var åtskilda. Puckeln som hon burit hade Aron smekt bort, liksom skammen i vad faderns händer tvingat henne till att känna. Aron hade aldrig tvingat henne till någonting. Hon tyckte om att känna hans kön inne i sig, hon tyckte om att fyllas upp av det och virvlandet när han rörde sig inne i henne. Men hon hade aldrig rört vid hans kön med händerna och aldrig tittat på det. Hon visste att det kunde göra henne illa om hon gjorde det, det kunde störa deras kärlek. Och varför skulle Aron be henne att titta eller känna, när hennes sköte omslöt honom som en mun?

Från sittstenen kunde hon se tranornas ankomst. Landet låg ännu snötäckt men vattnet rann inunder snön och gjorde den osäker. Snart skulle den brytas ned som bröd i blöten och lösas upp. Tranorna slog med vingarna och lät ropen snärta genom väldigheten, hårt och vädjande, vilt och sönderklösande. I lufthavet ovanför dem seglade också sångsvanar och gäss med sina läten förbiflytande som farkoster på ett vatten. Närmare marken drog snösparvar i oordnade flockar. Inna kunde känna upprördheten. Vårens plötsliga, hastigare puls slog genom henne.

Din sista tid. Jag har kommit vilse där. Aldrig hittat vägen ut ur det trots dessa år som lagts till år. Vi delade något, i blindo. Och du inifrån upplyst av en sällsam kärlek. Vi sa något till varandra som var ohörbart, vi bar mellan oss en kunskap som inte kunde bäras. Det var så sprött, så vagt. Men du sorterade dina brev, du besökte din barndoms platser, du grät, du lade ditt stora huvud i mitt knä och grät. När jag frågade vad det var du grät för, sa du: förstår du inte, jag sörjer över mitt liv. Men hur skulle jag förstå? Du var ju så levande. Du var ett under av liv. Fast om nätterna drömde jag om dig, att du kommit till en vägg, att du stod framför en vägg och det var stopp. Det var inte din kropp, det var ditt liv som inte bar vidare.

Den första tiden efter din död. Jag slets sönder. Nu kan jag se det. Oavbrutet talade jag med dig, frågade, ruskade, anropade. Det svåra jag hade att göra var att låta dig dö. Att slutligen kunna viska till dig: du får dö. Din död är din, den tillhör dig. Du får dö.

Människor kom och ville trösta och sa: så grymt, så

meningslöst. Och visst var det grymt. Men det var din död. Det var ditt liv. Och du gick allt detta till mötes, inte lätt, inte frivilligt, du slogs mot det, stångades, sedan grät du i månader. Men de sista veckorna stod kärleken i dig, mild, stark. Jag såg den och förundrades. Mitt i vår vardag denna gestalt, ett ljus som brann, någonting av högtid. Du kom så nära ditt liv, du hade sett döden och bugat för den. Och till detta var jag vittne, bländad. Jag såg utan att se. Vad som rörde sig inom dig, de tunga, obegripliga orden, mäktade du inte säga till mig. Men till andra hade du sagt det: nu är jag inte rädd längre, hade du sagt, nu vet jag att jag ska dö. Det var ju ingen som trodde dig. Du var ett under av levande.

Kvällen innan du dog skrev du en avskedsdikt till mig. Personalen på sjukhuset hittade den när de senare skulle packa ihop dina saker. De blev rädda. Din död var ju fullständigt oväntad. Den var ju anmäld till Socialstyrelsen. Den ansågs oförklarlig, meningslös. Du skrev: jag tror att kärleken är tillvarons mening. Ett milt lockrop ur evigheten.

Du gav åt mig en berättelse i otydbar skrift, en berättelse som ristades in i mitt liv och som lever där, som fortgår, pågår. Det är en stor berättelse med tusen ut- och ingångar och underliga rum därinne, växlande, levande som landskap. Jag är vilse i den berättelsen, ännu efter så många år irrar jag därinne i det som blivit mitt liv. Jag hittar inte ut ur berättelsen och jag hittar inte vägarna vidare in i den. Ständigt befinner jag mig på nya, oigenkännliga platser, gläntor öppnar sig och när jag kommer fram är ingenting sig likt. Jag är vilse i det otydbara, i det ordlösa, berättelsens alla blanka sidor bränner min syn. Jag kommer att tänka på spädbarnet som för att känna igen sig själv, för att känna igen sig i världen, oavvänt ser in i moderns välbekanta ansikte, läser det. Det är nästan så att jag minns: fasan när ansiktet visade sig vara fel ansikte, när färdigläst ett annat, oriktigt ansikte drev skriket ur mig. Vilseheten, borttappadheten. Eli, Eli, lema sabaktani. Vi känner alla avgrunden.

Du gav åt mig denna berättelse i kärlek. Jag försöker berätta. Jag försöker röra mig så försiktigt inne i den. Jag vet att jag inte får vända mig om. Jag vet att jag inte får tända ljuset. Jag vet att jag måste våga vara blind, kanske ännu en tid, kanske alltid.

Men det hände något underligt då, när jag klev ur bilen här i Hohaj. Som om ljuset plötsligt trycktes in i mina ögon. Det gjorde ont, men jag tyckte om smärtan, hade saknat den. Jag såg ingenting först, mina ögon måste dricka ljuset länge innan de kunde se. Sedan såg jag liksom en strand och något som spolats upp ur havet. Det var jag. Jag var oerhört gammal. Jag låg där som ett ting, en skärva, en rest från något som gått förlorat långt därute. Och det var då jag började att gå. Det var då stegen föddes i mig. Ropet.

Aron hade inte fått skrivet brevet hem till sin familj. Hela vintern hade han tänkt på det, skrivit på det i tankarna, ändrat och strukit och formulerat om. När våren kom hade han beslutat sig för att vänta. Först måste han veta hur det skulle bli med honom och Inna, sedan skulle han skriva. För det hängde ju ihop på sitt otydbara vis: Inna och brevet. Inna och hans förflutna. Inna och hans rätta namn.

Men vintern hade varit lång. När han gav sig ut till hästgetningen på försommaren visste han inte något om hur mötet med Inna skulle bli. Han hade haft god tid på sig att skapa en bild av en kvinna som kanske i verkligheten inte fanns. Han måste möta henne för att veta. Och kunde han veta något ens när hon stod livslevande framför honom? Det var ju fullt möjligt att han vakendrömde hela tiden. Inna som han kände henne kanske inte fanns, annat än som hölje, döljande någon helt annan. Och att gifta sig? Det hade de inte ens pratat om. Och hon kanske inte alls ville. Själv visste han inte heller. Jo, om han alls skulle gifta sig med någon, var det med Inna. Men skulle han alls gifta sig? Vintern hade inte kommit med några svar, tvärtom hade han bara borrats djupare in i irrgångarna.

Han bestämde innan han for ut att denna sommar hur som helst inte fick bli som den förra. Om han fortsatte att träffa Inna som tidigare måste han ta konsekvenserna av det. Gifta sig med henne eller ge sig av från Krokmyr, från trakten; bryta upp igen.

Men om de beslutade om giftermål, då skulle han skriva brevet.

– Vad är det för en längtan du ska ut och möta? hade Helga frågat med ett litet retsamt skratt, kvällen innan han gav sig av.

Aron blev så överrumplad att han inte kunde hitta på att svara. Dumt nog hade hans mun i stället vridits upp i ett leende, ett fånigt, mållöst leende som bara kom. Han försökte gömma undan det i sina packningsbestyr, men han kände hela tiden Helgas vakna blick och hur den såg honom.

– Sommarbete, vet du, muttrade dessutom Salomon bortifrån eldstaden. Som om de båda visste, eller anade. En plötslig skam genomfor Aron. Och med skammen fördes han mot avgrunden, den gamla stelnade avgrunden. Glädjen i hans ögon släcktes, han rätade på ryggen och såg förvirrat upp med tomt och svart i blicken. Så trött han kände sig, trött på sig själv och på sitt liv. I sagorna satt ofta ett elakt gammalt troll och vakade över guldskatten. Höll han på att förvandlas till ett sådant? Snål och missunnsam med skatten gömd längst in i berget. Och glädjen förbannad.

– Du är inte riktigt fullväxt ibland, du, sa Helga.

Aron begrep ingenting. Tankarna trampade varandra på tårna i honom, han tyckte att han snubblade hela tiden.

– Ja, men då blir det väl bara bra med lite sommarbete då, sa han i ett försök att rappa tillbaka. Så får jag äta opp mig.

Helga sysslade också med hans packning.

– Vi tycker det blir rätt så tomt när du far på sommarbete, sa hon. Det var bara det.

Salomon knackade ur sin pipa i spisen.

– Jag följer inte med ut i morgon, du får rida Balder. Så kommer jag om två veckor i stället. Du vet att de sett björn på andra sidan Saddijaure?

Jo, det visste Aron redan.

– Det bor många varelser i skogen, sa han bara. Alla slag. Och värst är nog myggen.

– Nej, inte ska du vara rädd björn. Jag nämnde det bara. Du kunde ju ta miste, menar jag. Och locka på björn i stället för hunn.

De brast i skratt.

Helga lyssnade i tystnaden som följde.

– Det regnar, sa hon. Hör ni? Nu har regnet kommit!

När hon låg hos honom första natten den sommaren grät hon. Det var en hemkomst, så hård och våldsam som efter ett långt fall. Hon föll in i honom, hårt. Och han var ett landskap, ett rike. Hon trevade sig fram över honom, på jakt. Hon kunde känna hans händer skälva när de rastlöst smekte hennes rygg och hår.

– Vi har längtat, viskade han. Vi har längtat.

Hon tryckte honom hårdare till sig, det gjorde så ont, smärtan öppnade dörr efter dörr i henne, gick genom henne som genom tunnlar, genom underjordiska kanaler. Hon hittade hans mun och grävde sig in i den. Han fanns därinne, hon visste det, han hade väntat på henne därinne och nu reste han sig och störtade fram mot henne. Nu var de bara munnar, tungor. Nu var de mungrottor och två drakar som stred mot varandra inne i dem. Det kom som små skrik ur Innas näsborrar, det mullrade av dova läten ur hans hals. Lurv började att skälla, det hörde de inte. De var inne i ett raseri, i en hunger som levt och växt förnekad en hel lång vinter, en hel Hohajvinter utan slut, de jagade varandra som två svultna rovdjur som galna av hunger sliter köttstycken ur varandras kroppar medan de slåss.

– Sansa dig, väste Inna inne i hans mun.

De stannade upp och såg på varandra. Det var inte mörkt ute, natten var ljus som dagen och de såg på varandra som om de aldrig förut sett, som var det den första natten, den första morgonen, skapelsens stora sabbat som stod kring dem. Fåglarna spann tunna hängen av sång mellan träden, Lurv låg åter stilla i vindskyddets öppning, bara hans öron som spejade.

– Å, mumlade Inna och borrade sitt huvud i Arons hals. De låg en stund och rullade fram och åter med blickarna i varandra och armar och ben omslingrade. Hon såg på Aron och han log. Log som om han just befriats och hans ögon var så fulla av leende och lätthet – hon bara for in i det, hon red som på en glittrande fors rätt in i honom.

De visste inte hur, men de var nakna. Han gick in i henne och hon var samlad kring honom som ett bett.

– Stilla dig, viskade hon igen. Var still så jag får hålla dig en stund.

Då lade han sina händer kring hennes hår och tryckte sig djupare in i henne, som mot en botten. Och så började de att dansa.

De dansade en långsam slängpolska med varandra. Spelmannen stod rak som ett ljus mitt på golvet med ansiktet djupt i fiolen. Aron öppnade vägen för Inna, Inna öppnade vägen för Aron. Som i högtid, stramt stiliserat, gick de kringom varandra, långsamt, passande. Och de började att snurra, farligt, med armarna sträckta och ögonen stelt i den andres, fortare, fortare. Mitt i stod spelmannen med strängarna som darrade under stråken, med fiolen som sjöng i långsam, stegfast smärta.

Hennes hår stod rätt ut i luften, hans ansikte var hårt och samlat kring sig som en frukt. De snurrade, de slutade inte att snurra, de tog stegen runt varandra, framför, bakom, framför; intet utom deras steg var det som höll världen samman.

Så tystnade spelmannen. Ett ögonblick stod de och vacklade. I nästa högg de tag i varandra, klamrande. Aron låg i en båge över henne, hans ansikte hade rämnat som en sten i stark hetta. Hon var vattnet som han fräsande sänktes i och kokade sedan, länge med honom.

Det var en lång tid. De anropade varandra som vilsegångna i en dalgång. Var är du? ropade de. Jag är här, här!

När de hittat varandra låg de så och tryckte den andre till sig. Och de ville aldrig släppa taget, aldrig släppa rätta greppet som de äntligen i denna vidsträckthet hittat.

— Jag vill aldrig tappa dig igen, sa Inna. Du får aldrig mera fara bort från mig.

— Jag är din. Jag är alldeles din. Jag är ingenting annat än din.

— Du far ingenstans?

— Jag far ingenstans.

— Du blir hos mig?

—Jag blir hos dig.
—Alltid?
—Alltid.
—Å, du! ropade Inna i en viskning. Du vet ingenting.
—Vet vadå?
—Du vet ingenting.
—Jo, jag vet.
—Vad vet du?
—Att du. Att du, begriper du väl!
—Nej, du vet ingenting. Du är en pojke på en båt på drift.
—Vad säger du?
—Förlåt Aron.
—Säg inte så.
—Nej, jag ska inte säga så, aldrig.
—Är du rädd för mig?
—Rädd? Nej, inte. Inte. Jag har ju hittat hem hos dig.
—Jag med. Hittat hem. Du är en stor båt, Inna, vet du det? Jag tror den ska lotsa mig hem.
—Lotsa hem?
—Du vet ingenting!
—Jo, jag vet.
—Då vet du att du är en båt, ett stort skepp.
—Du får ta mig till havet.
—Det är klart. Vi har redan varit där. Vi var ju på havet alldeles nyss, märkte du inte det?
—Nej, jag var i en stor skog och du stod gömd bakom varje träd.

—Men kände du inte vågen du red på?
—Hur är vågen?
—Å, den är stark, sugande. Den drar en in i sig.
—Vet du om att jag har saknat dig i vinter?
—Varje stund. Och jag känner igen dig, Inna. Jag känner dig så väl att jag nästan skräms.
—Vissa känner man alltid igen. Genast när de föds. Så är det med djuren också.
—Du är kall om nacken, flickan. Kom, vi drar fällen över oss en stund. Vi ligger här och värmer oss en stund.

De drog fällen över sig och föll inte i sömn. De var så omättliga. De älskade igen. Och gryningen sjöd snart av röster. Försommarens alla röster. Fåglarna. De ofattbara lätena från gren till gren, långt uppe i träden.

Också smärtan måste ha en stad.

En plats som är dess egen plats med ansikten och hus som är igenkännbara. Det måste finnas torg för smärtan, rum, gläntor, långa gator. Ont är ett spår som bär iväg, man måste följa, komma vidare: broar över vattnen, spänger över myrarna, vägar i det väglösa. Som en vittring nästan är det spåret. Man får följa det med hela sin varelse, samlat, uppmärksamt. Inte smita, inte vika av. Det är många slags lukter. Som hård längtan eller som tunna, tunna gråljus upphängda. Ofta är det neråt, hopplöshet och neråt och det onda åtdraget och stramt i svarta knutor. Men det kan ändras, det kan vändas om som av en kastvind, i ett rus.

Det finns också ögon i smärtan och de kan se på en, länge. Även de ögonen måste ha en stad, de måste finnas i ett ansikte vars drag man lärt att känna.

Om smärtan saknar egen ort är den i allt. Då förvandlas den till luft-ande och kan jäsa och växa över alla gränser. Alla de olika stråken och mönstren den består av blandas ihop och blir till samma. Och samma är utan färg, samma äger inga skiftningar, inga igenkänningstecken, inga åtskillnadstecken. Det är ett land som man går vilse i.

Jag har lärt mig att smärtan måste ha en stad och jag kände igen den när jag kom hit. Nu sitter jag och läser dess drag och spår och vägar. Inna under snön. De skottade gångarna. Ladugården dit jag inte ska gå. Och himlen som är här, en stor kupa av glas som bärs upp av tunna trädtoppsspjut hela vägen runt. Och av bergen.

Jag ska inte gå vilse mer. Bergen ligger kvar. Modern har inte glömt sitt barn.

Han hade pratat med henne om giftermål. Vi kan inte bara leka, hade han sagt. Vi måste bli vuxna också. Och till slut blir det ett barn av alla våra nätter.

Inna hade blundat. Hon hade inombords värjt sig.

– Jag vill bli kvar på Nattmyrberg, sa hon.

– Då blir vi kvar på Nattmyrberg, sa han.

– Men, sa Inna. Men Knövel.

– Vi gifter oss, sa Aron. Eller så ger jag mig av.

Hon blundade igen. Mörkren dansade innanför ögonlocken. Utan att titta sökte hon rätt på Arons händer. Hon lyfte dem till sin mun och kysste dem och gömde sig i dem.

– Du får inte lämna mig.

Han svarade ingenting.

– Du får inte lämna mig, upprepade hon och nu öppnade hon ögonen och såg på honom.

– Vi måste besluta något, sa han envist.

– Det är Knövel, sa Inna.

– Han är din far, han är inte din man. Till och med i Bibeln står det att man måste lämna sin fader och sin moder.

– Knövel bryr sig inte om vad som står i Bibeln.

Inna kände skräcken växa i bröstet. Att plötsligt kunde inte ens Aron skydda henne. Faderns händer hade trängt sig emellan och nu var de på hennes kropp, nu kränkte de henne.

– Inna, sa Aron och han drog henne till sig. Nu flyr du från mig igen som du gjorde första gången. Nu springer du från mig som ett skrämt djur. Men du ska inte vara rädd för mig, förstår du det. Jag kommer att stå mellan dig och din far. Begriper du inte? Jag kommer och tar dig ifrån honom.

Hon ville inte titta på honom, hon ville inte låta honom se i hennes ansikte, de saker som stod skrivna där.

– Tänk om han inte låter dig, viskade hon, så lågt att orden knappt kunde uppfattas.

Han tvingade upp hennes ansikte där den sönderkrossade blicken formligen störtade ur ögonens botten.

– Tror du jag är rädd för en gammal gubbe? Tror inte du att jag tar dig ändå? Tror inte du att jag kan det?

– Förlåt mig, sa hon. Jag vill inte vara sån här.

– Jag tror att man ibland måste övervinna sig själv.

– Du tycker jag är svag?

– Jag har känt dig, Inna. Jag har känt dig med min egen kropp. Och du är inte svag. Du är skarp som glödande ved. Du har bara levt ensam för länge med din far.

– Vi kanske kan bygga oss ett eget hus däroppe?

– Ja, det kan vi. Det måste vi.

– Nästa gång, Aron, ska jag säga ja. Men jag måste vara själv om tankarna lite först.

Och hon gav sig iväg från hans vindskydd där de suttit. Som vanligt var det gryning och hon kom hem till getterna och kon som skulle mjölkas, till tunga juvren som skulle tömmas. Hon drog i spenarna och hörde strålarnas vassa repor i spannen, som rapp, som piskrapp. Tankarna var utflutna, spridda.

Det var sig själv och inte Knövel hon ville skydda Aron ifrån, tänkte hon först. Alla rummen hon inte ville att han skulle beträda. Allt solkiga, illaluktande som inte fick komma honom vid. Sedan tänkte hon att det var sig själv och inte Aron hon ville skydda. För hur skulle hon kunna leva då, när det vidriga löts ut också i honom, också i Aron, och ingen plats fanns längre för hennes längtan efter något som var rent?

Strålarna strilade så hårt i mjölken. Med ursinne i händerna drog hon dem ut ur juvret, ut ur djuret. Hon var så rädd om Aron, allt hans ljus. Det fick inte komma mörker dit från hennes. Hon drack ju hans ljus, hon ville äntligen läkas. Men sa hon nu nej åt honom, hade hennes mörker ändå segrat. Och sa hon ja, blev han del av det. När hon såg detta tydligt för sig stannade hennes händer och blev bara stilla. När hon såg hur fången hon var, att hon var fast i sitt liv, fästad vid det, vid allt i det. Länge blev hon stilla i tanken. Att så var det. Fog vid fog. Så nära var det, så intill. Och portarna som omsider en efter en slogs upp i henne, gjorde ont. Portarna som sa: ja, låt honom komma in i det, låt honom. De var inga glädjeportar, de slets upp, de slet sönder. Och ljuset som föll in var skarpt och bländande.

Hon knuffade undan sista geten, förstrött. Mjölken stod darrande i spannen.

Nätterna blev mörka med kallt i sig. De hade kommit överens. De skulle gifta sig. Det skulle bli ett vinterbröllop och Aron skulle prata med en präst. Han skulle också fråga Helga och Salomon om de fick vigas i deras hem. Det skulle vara ett enkelt bröllop, enklast tänkbara. Knövel skulle hållas utanför. I stället tänkte Inna be Mari, som känt hennes mor, att komma som vittne.

Vidare skulle Aron köpa timmer som kunde dras upp på snön till Nattmyrberg. De skulle sätta upp ett hus åt sig där, ett eget hus. Knövel skulle få finna sig.

De tog avsked på hösten, fulla av löften och planer. Aron återvände med hästarna till Krokmyr, Spettlidenhästarna hade folket därifrån redan varit och hämtat. Inna gick uppe i Nattmyrberg med en rastlös oro i bröstet. Det var så svårt att föreställa sig detta som skulle bli, som skulle komma. Hon hivades mellan glädjen och skräcken, avgrunderna mellan var stora. Arons och hennes som måste hållas rent, hållas fritt. Hon tänkte denna höst bränna ut all skam som fanns kvar oppe på torpet. Käppen som kallats Laga hade hon bränt upp på härden nere i fuset så snart Knövel blivit sängliggande. Nu var det fällar, särkar, pallen han tvingat ned henne över. Det skulle bort, inget av det skulle finnas kvar när Aron kom. Inget av tingen. Hon ville tro att det kunde brännas ut. Det svarta. Och kunde de inte bo i stugan under samma tak som Knövel, hon och Aron första tiden medan de byggde, då skulle de bo i fuset. Det hade hon inte nämnt något om för Aron, men det hade hon tänkt ut. Hon hade beslutat sig för att det skulle gå, allting. Att hon skulle driva sin vilja gentemot allt och den skulle vara oböjlig, vägglik.

Bara ett par dagar efter hemkomsten till Krokmyr berättade Aron för sitt husfolk om Inna, om planerna. Helga blev högröd i ansiktet och skrek av förtjusning, Salomon skrattade.

– Vi sa ju det, sa han, att det var något.

– Fast jag tänkte då aldrig på – Inna! Silver-Inna, Silverhårs-Inna, Knövels-Inna –. Nej, aldrig att jag tänkt på henne!

Helga kikade nyfiket på Aron, att han skulle förklara sig, förklara detta.

– Är hon, ja, är hon verkligt en kvinna åt dig? frågade hon sedan.

– Hon må väl vara det, svarade Aron och såg förlägen ut. Han ville inte gärna förklara sig så mycket när det gällde Inna och honom.

– Herre min Gud, sa Helga. Och du ska gifta dig!

– Och gubben –? undrade Salomon.

– Han vet ingenting. Han får veta när det är gjort. Det är därför vi bett och få gifta oss här.

– Gubbsatan, fortsatte Salomon. Och ändå ska ni bo där oppe? Han är vrång av sig, den där, det vet du väl?

Aron nickade lite till svar. Egentligen ville han inte resonera så mycket. Det var som det var. Att nu skulle de gifta sig, han och Inna. Och det var det enda som ägde betydelse.

– Jaja, suckade Salomon. Gubbar dör, det vet man ju. Han dör väl den där med, till sist. Han lär nog som förkolna med tiden. Allt det svarta drar ihop han. Ha! Så blir han bara som en liten hård och svart kolskärva i sängen en morgon. Haha!

Salomon njöt av sina ord. Han kunde den konsten.

– Dumma dig inte, fräste Helga irriterat. Han kan leva tio år till om han envisas. Och det gör han säkert.

Det hade gått så fort. Sommaren försvann som om den aldrig varit där. Vattnen prövade att frysa om nätterna. Löven for med blåsten. Eller med regnen. Om kvällarna satt Aron och plitade på sitt brev hem. Det skulle inte vara något långt brev. Ett par rader ville han att det skulle vara. Ett par enkla rader som ändå rymde fasan, ångern, skammen han ännu kände. "Jag begär inte att ni skall förlåta mig", skrev han, "men om ni kunde ta emot min bön om förlåtelse. Jag flydde, men aldrig från minnet av min ogärning. I hela mitt liv har jag inte strävat efter något annat, än att få sona den. Käre, tag emot detta brev, riv det inte i bitar, släng det inte på elden. Minns mig, inte endast för mitt brott, utan också för min ånger."

Länge fick han strida med sig själv innan han förmådde att skriva till sitt rätta namn längst ned på pappret. Det var underligt med detta namn, hur mycket minnen det bar i sig, inte bara moderns röst när hon utslungade det likt en förbannelse, det var faderns röst också, syskonens; en hel värld som han låtit gå under. Först kvällen innan han gav sig av för att posta brevet, skrev han: "Er son och bror – Kjartan."

Han tänkte posta brevet i Malgo, där han var okänd. Även om tanken var långsökt – brevet var ju dessutom skrivet på danska – var han ändå så ängslig att någon i Racksele skulle öppna brevet och läsa i det, att han hellre tog sig den längre och svårare vägen till Malgo. Där kunde han också, utan risk för skvaller, köpa ringen och tyget han ville ge åt Inna.

Inna vaknade strax innan gryningen i förnimmelsen att något var fel. Hon slog upp ögonen och där stod Knövel intill hennes säng. Han andades. Hon hörde hur han andades. Hans gestalt framstod som ett mörkare ting i det grå förgryningsljuset. Ett massiv. Ett kroppsmassiv.

Hon visste med ens. Han stod där. Han var där. Han andades och ville besluta sig för något. Nu visste hon att hon var vaken, att hon inte var i drömmen. Och även han visste att hon var vaken, ögonen som slagits upp hade han sett.

– Nu är hon hemma om nättren, sa han. Hans röst var en långsam blixt som stämplades in i rummet.

Inna flämtade till. En känsla grep kring henne, något gammalt, ursinnigt välbekant. Hon kände hur allt föll sönder kring henne, som en blomma när den måste fälla sina kronblad. Ett ögonblick hann hon känna, hur hon ville slippa. Hur oerhört hon ville. Om hon kunnat ta sig ut ur sitt liv. Om hon kunnat vara den andra. Den andra som kanske i själva verket aldrig hade funnits, annat än som hopp, som bloss. Hon kände nu hur hon naglades fast vid sitt liv. Att här. Och andningen som kunde förnimmas. Något fel i rummet. Det var som om någon fattat tag om henne och fört henne tillbaka. Varje steg. Hur hon inte ville och det tjänade ingenting till.

– Men du är min, hördes Knövels röst åter. Det är till mig du ska komma.

Kronbladen föll inte. De revs av. En ursinnig vind, ett rasande regn.

Hon ägde inte ord. Hon vreds in i baklänges och skulle valsa där, hårt, stötigt.

Hans hand slöts kring hennes arm och hon var kvar i förfäran. Hon kunde inte värja sig, hon var i ödet, det gamla, luktande. Hon kände varje steg i ödet. Från hennes läppar föll inget ord eller ljud. Hon lät sig slitas med, fast baklänges, krum i motstånd, in i höet, lukten.

Där var den vidriga munnen. Och händerna kring hennes handlovar. Nedåt, nedåt. Hon kunde i sitt inre inte vädja till och anropa Aron. För detta fick han inte se eller ana, inte ens i en orosdröm om natten. Detta måste hållas utanför, bortanför honom, inte ens i hennes eget inre fick han skydda henne med hågkomster av andra slags händer, en annan beröring.

– Det var åt mig du sparades, Inna, hördes Knövel flämta. Det var åt mig, inte någon annan, inte någon förbannad hästgetare. Åt mig, Inna, här, här.

Efteråt kröp hon som ett djur på alla fyra ned till fuset. Kanske att hon hade kunnat gå. Eller springa. Men hon kröp. Hon fick sig in i en vrå därnere, intill gammelgeten. Det dagades. Inget mörker bäddade henne. Hon skulle vara vaken, leva. Dagen steg så stel genom de små smutsiga fönstergluggarna, ett dödsljus, bara vitgrått. Hon tvang sig till att mjölka getterna och kon, men hon släppte inte ut dem sedan. Hon ville att de stannade med henne, att de fyllde det lilla rummet tillsammans med henne så att hon inte gick förlorad i det vidsträckta. Skräcken låg i ljuset. Den låg i allt som kunde ses, i allt som var världen, som var fallet. Varje skrymsle lyste den upp med sitt benljus. Hon höll sig nära djurens kroppar. Hon kunde bli en av dem. Lösa ut sig i dem.

Det var Lurv som kom ensam tillbaka. Han stod en kväll och skällde utanför Helgas och Salomons hus. Pälsen var tovig av is och snö och han haltade illa på ena benet. Helga släppte in honom i värmen och han lade sig genast med en tung suck på golvet. Tittade med bruna ögon på husfolket och kunde ingenting berätta.

En vecka hade gått sedan Aron gett sig av till Malgo. Det var oktober och redan kallt. Snön låg i björkkronorna, där ännu några höstgula löv dröjde sig kvar. De sken igenom. Det såg fel ut.

– Vad gör du här, hund? sa Helga. Vad gör du här utan husbonden din?

Hon tittade uppfordrande på Salomon som satt vid spisen och rökte.

– Säg något! sa hon åt honom med en röst som var på väg upp i falsett.

– Men vad ska jag säga? Det har hänt något, Helga. Det begriper vi ju båda två.

– Men då må vi ju göra något!

Helga skrek. Hon stod stel på golvet och skrek.

– Vi måste ju för Guds skull göra något!

Salomon gömde sitt ansikte i händerna. När han lyfte det, efter en stund, sa han:

– Det är snart natt. Hunden haltar. Han är slut. I morgon går jag med honom så får han visa mig. Du vet också, den där hunden lämnar inte Aron, han överger honom inte om han är skadad. Men jag ska gå med han i morgon bitti.

– I morgon! I morgon! Helga var utom sig. I morgon är han död om han ligger med brutet ben i skogen.

– Om Lurv blir orolig om en stund så går jag med honom i natt, Helga.

Helga tittade länge på sin man. Sedan gick hon undan från ljusskenet, lutade huvudet mot väggen och grät tyst.

– Det var som en förbannelse med den där färden, hackade hon. Det var som en olycka. Jag ville inte han skulle fara. Minns du? Jag sa, men varför far du inte åt Racksele i stället? Det var som fördömt med den där Malgoresan. Och vad skulle han dit för? Vad hade han i Malgo att göra? Vet du Salomon, när han gick härifrån i tisdags, då tänkte jag, att den där mannen ser jag aldrig mer. Gud förlåte mig, Salomon, men jag tänkte så.

Hon lät sitt huvud slå i väggen medan hon pratade. Salomon satt kvar vid spisen, tung och sorgsen på sin pall. Lurv sov och gnydde i sömnen, tassarna ryckte under honom.

– Helga, sa Salomon. Du jagar upp oss. Sluta med det där dunkandet innan du spräcker pannan på dig. Och kom hit och sätt dig. Vi måste låta barnen få sova i ro.

De satt en stund tysta tillsammans innan de kröp ned i sängen och försökte sova.

Tidigt nästa morgon gav sig sedan Salomon iväg med Lurv. Han tog fram skidorna, som stått undanställda under sommaren, och packade mat för ett par dagar.

– Nu ska du visa mig, muttrade han åt hunden när de satte av. Nu ska du visa mig, ditt stumma beläte.

Det var en gråvädersdag med sparsamt ljus. Salomon fick bära skidorna ibland när vägen gick genom skogen och vara vaksam hela tiden för stenar och rötter som stack upp ur det tunna snötäcket. På eftermiddagen hade de nått fram till Aravattnet där Rackseles och Malgos socknar möttes. Och där ville hunden ut på isen. Salomon följde tveksamt på skidorna, prövade och slog med stavarna. Starkt inom sig kände han, att han ville inte ut, ville inte se. Och hur kunde Aron vara så oförnuftig att han gav sig ut på en sjö som denna redan i oktober?

Ett par hundra meter ut stannade Lurv. Där var vaken, stor och flisig. Vattnet i den hade frusit under natten som gått. En svart skorpa som ett sår med vattnet oroligt därunder. Intill vaken låg Arons ränsel, frostklädd. Kanske hade hunden fått upp den i försöken att dra upp Aron?

Salomon sjönk ned på huk på skidorna. Lurv gnydde högljutt och löpte varv på varv kring vaken. Aron! ville Salomon ropa. A-R-O-N! ville han vråla ut över allt det nyvita, tysta. Men han satt bara på huk och gungade, länge, länge. Gungade med armarna slagna kring kroppen och ropet som ett snittsår i hans inre. Så nappade han tag i ränseln och drog den till sig. Den var hårdfrusen, en klump av köld.

Skymningen slök långsamt landskapet och utplånade alla linjer. Trött hängde han Arons ränsel över axeln och tecknade åt hunden att följa honom hem.

Jag är kvar här. Det är enkelt. Det är bara att stanna. Idag fryser jag. Jag vågar inte elda, för i förmiddags hörde jag skotrar på avstånd. Människor.

Himlen är djupt blå och solen står och pumpar på den. Nu dryper de snöinbakta träden av guld ifrån den. Det är skrämmande med en sol som strålar köld, det har jag alltid tyckt. Kristallerna skickar små vassa skott mot mina ögon. Jag har inte hittat någon termometer här hos Inna men jag känner kylan, den är skarp och farlig.

Du är tillbaka, i mina drömmar. Det har hänt nu de sista nätterna. Varför räknas inte drömmarna, varför är inte de på riktigt? Ditt ansikte har kommit mig så oerhört nära, som om jag trätt in i det. Eller att det har trätts över mig. I flera nätter har du varit hos mig, men ännu har vi inte legat med varandra. Inne i drömmen väntar jag på det.

Vad en man är, eller kan vara, har jag förstått sent i livet. Det var saker i vägen, förmodar jag. Smuts. Störningar. Kanske har jag vetat lika lite vad en kvinna är, eller kan vara. Jag såg ingen av dem. Varken Adam eller Eva. Och inte Lustgården, Frukten, Ormen. Kanhända försökte du säga mig något om de här sakerna. Jag förstod det ändå inte, visste nog inte vad du pratade om.

Men nu. I drömmen ser jag med sådan förväntan fram emot vårt samlag. En kvinna som ännu väntar, mister aldrig sin jungfrudom, visste du det? Det kan låta underligt men jag vet att det är sant. Jag skulle vilja ligga med dig nu, när jag tror mig veta vad kvinna är, vad det är hon vill ha av sin man.

I många år har jag gått omkring och mest låtit dagarna komma och gå. Säkert har jag gjort en del saker, men jag kan knappt säga vad. Fostrat barnen, arbetat, flyttat in och ut ur hus. Katterna har fått ungar, hunden har dött. Jag vet inte. Jag vet verkligen inte. Någon gång har jag blivit förälskad. Och stungits. Sedan har jag dragit mig undan.

Det är underligt med tid. Hur lång den är, och kort. Nej, tiden kan jag inte förstå. Men jag har fått respekt för den. Obevekligt som inget annat för den mot sitt upphörande. Sakta leder den mig ut ur mig själv. Och den ger små tecken, små märken i köttet, i skinnet. Jag börjar mer och mer att likna min mamma, som varit död så länge. Med en underlig, lite torr känsla av främlingskap tvingas jag konstatera, att nu är jag som hon. Barnet som ser sin mor. Barnmodern. Som även hon varit. Barnmoder.

Men du är oberörbar, även av tiden. Du stannade upp på en punkt och där blev du och upphörde du.

Man skulle kunna säga att du är där, fast det är inte sant eftersom du inte är.

I somras iakttog jag en vråk på stort avstånd. En liten svart prick med vingarna utspända. Ibland tycktes den försvinna in i molnen en stund. Så kom den ut igen. Jag såg hur den ryttlade, en mikroskopisk dallring bara, i lufthavet. Den var så långt borta och så högt upp att jag hela tiden tyckte att jag inte borde se den. Och hur kunde jag veta att det var en vråk? Hur kunde jag se dallringen genom dess kropp? Ja, jag såg det, det var så.

Mina tankar har mist sina fingrar. De kommer inte åt något, rotar bara runt, runt. Idag när jag hörde skotrarna på avstånd sa jag mig att jag borde ta mig härifrån. Men det hände ingenting. Jag vet inte vad nästa steg skulle bli. I stället löser allt upp sig och sedan tänker jag en gång till, att jag borde ta mig härifrån.

Jag har inte snokat bland Innas saker. Men idag när jag frös sökte jag igenom hennes kista och byrå på jakt efter en extra filt. Och då fann jag ett märkligt svart krucifix som verkade vara av järn. Det var inget litet krucifix som man bär om halsen utan ett större, ett sådant som hänger på väggen på små irländska pensionat. Jag kunde inte bärga mig utan lyfte det i mina händer, höll det hårt mellan mina handflator så att allt det vassa tryckte in i mitt skinn. En stark känsla fyllde mig med ens. Av verklighet. Hård, sann verklighet. Reale. Efter en stund lade jag tillbaka krucifixet på sin plats i lådan igen. Men jag misstänker att jag i natt kommer att sova med det mellan händerna. Nycklarna till livet, nycklarna till att leva, kan man äga. Men man måste veta portarna de passar i. Så går man runt med den tunga, skramlande knippan och prövar lås. Jag är så rädd att jag ska ge upp. Tråden som livet hänger i är av tunnaste silke. Allt levandets tråd. Därför vibrerar de vilda djuren i oupphörlig uppmärksamhet. Hudarna, ryckningarna. De snabba omkasten. Det strömmar som elektrisk hetta ifrån dem. Hinner man någon gång fånga det vilda djurets blick är det som att möta livet, avklätt allt. Allt vi ville skydda oss emot. En egendomligt välbekant melodi.

Jag kände inte igen döden förrän det var för sent. Men du hade sett. Som det vilda djuret ser hade du sett. Och du visste att det kunde inte uttalas, att det fanns inte språk. Det levde i muskler och senor, djupt i gångar och passager, i nerver och dallringar.

Jag hade gömt mig i tiden som i ett bo. Nu känner jag hur det blåser, hur vinden skakar trädet. Och boet gungar med. Långsamt lär jag mig, jag som trodde mig veta allt.

När min tanke fått fingrar, fått grepp, ska jag ta mig härifrån. Jag ska gå, in i mitt liv igen. Det är vad en människa måste.

Det dröjde ända till adventstid innan Helga och Salomon kom sig iväg till Nattmyrberg för att berätta för Inna om Arons olycka. Det hade dröjt för att de ändå hoppades. Så länge ingen sett hans döda kropp kunde han ändå leva. Men som veckorna hopades dog hoppet. Han kom aldrig, hur än de lystrade efter hans röst, hans steg. Och Inna oroades och pinades säkert däroppe.

De hade ordnat med hjälp åt barnen och krittren, för de tänkte att de måste bli över natten på Nattmyrberg. Snön låg ospårad dit ännu och dagsljuset räckte till ingenting.

Men när de vikt av från Malgovägen och kommit in på vintervägen dit upp var snön ändå som packad. Någon måtte ha åkt där under vintern. Var det Inna? Vad de visste hade hon inte varit i byn. De hade sagt åt Olofsson, och flera andra också, att om Inna kom skulle hon skickas raka vägen till Helga och Salomon. Inte ett ord om Arons öde fick yppas.

Det mörknade redan när de skymtade husen i Nattmyrberg. Ingen av dem hade varit där tidigare, men de förstod ju vart de var, att de var framme.

De tog av sig skidorna och stack dem i snön utanför stugan. Ett ögonblick möttes deras ögon innan de klev upp till dörren. Salomon öppnade och ropade samtidigt ett Go'afton så högt han kunde.

Det brann en eld på härden inne i stugan och de fick genast syn på Knövel som satt där och skar i ett trästycke. Han ryckte till och stirrade på folket som steg in. Det var ovant med besök på Nattmyrberg och särskilt då den här tiden på året.

– Go'afton, muttrade han grötigt.

Salomon talade raskt om vem han var och vem Helga var och frågade om de fick kliva in. Gubben gjorde en knappt märkbar rörelse med huvudet. Hans tankar snodde runt, misstrogna, oroliga. Gällde det mark? tänkte han. Gällde det ägor, gränser? Eller var det något gudligt?

Helga spanade i alla hörn efter Inna, men hon syntes inte till. I kammaren var det släckt och mörkt.

– Jo, han undrar väl vad vi kommer hit för i mörkret, förstår jag, sa Salomon.

Jodu, tänkte Knövel. Men han sa ingenting. Kom fram med det nu!

Salomon såg sig kring i stugan en stund.

– Ja, det är inte för fars skull som vi kommer. Det är Inna. Vi skulle vilja prata med Inna.

– Inna, utbrast Knövel. Sedan teg han igen.

Det blev tyst en stund.

– Är hon inte hemma? klämde Salomon i till sist.

Knövel tittade upp från trästycket han sysslade med och såg surt först på Salomon, sedan på Helga.

– I fuset, sa han. Horan är i fuset.

Helga och Salomon såg på varandra.

– Men då kommer hon väl in snart? försökte Helga.

Gubben lade en vedpinne på elden och svarade inte.

De tittade på varandra igen. Helga gjorde en grimas och visade med handen mot dörren.

Gången ned till fähuset var väl upptrampad. Det var en dörr inifrån ladan som ledde dit in. Salomon bankade innan han skulle till att öppna. Men sedan gick dörren inte att få upp.

– Inna! ropade han. Det är Salomon och Helga här, Arons husfolk. Får vi komma in?

Det hördes rörelse därinne. Och djur som bräkte och levde om. Så öppnades dörren på glänt och där stod Inna. Hon tog genast ett steg bakåt när hon såg dem och Salomon tryckte upp dörren.

– Får vi komma in?

Hon nickade och backade ännu ett steg.

Också härinne brann en eld på härden. Fåren och getterna stirrade på dem och kon vände sitt stora huvud. Salomon slöt till dörren och sköt för regeln igen.

– Go'afton! sa han.

– Go'kväll Inna, sa Helga.

– Go'kväll, sa Inna tunt. Hon var så blek och ögonen lyste av rädsla ur henne.

– Kan vi sätta oss någonstans? föreslog Salomon.

De slog sig ned på klabbar och pallar, det som

fanns. Helga plockade i packningen och fick upp kaffepåsen.

– Visst får vi koka oss kaffe, undrade hon, och äta lite kvällsvard?

Inna nickade och sköt fram en panna.

– Det gäller Aron, sa Salomon. Vi kommer med det som är svårast att säga.

Det gick som ett skalv genom Inna. Och nu fästes hennes ögon vid Salomons ansikte, de vek inte. Salomon drog djupt efter andan.

– Aron gick genom isen ute på Aravattnet när han var på väg hem från Malgo.

Nu var det tyst i den lilla ladugården. Helga tvang sina händer att ösa vatten och kaffe i pannan och lägga locket tillrätta. Hon tvang dem att leta rätt på brödet, fläsket, kallpotatisen och lägga det i ordning på spiskanten.

– Malgo? viskade Inna.

– Jo, han for ju till Malgo, sa Helga och nu rotade hennes händer ännu ivrigare i säcken. Hon fick upp ett paket som hon räckte till Inna.

– Här! sa hon. Här, Inna! Han for till Malgo, fortsatte hon, i ärenden.

Där brast Helga i gråt. Handen som höll det lilla paketet skakade så att Salomon fick ta det och lägga det i Innas knä.

– Det är till dig, sa Salomon. Från han. Från han –.

Inna stirrade på paketet och på Helga och Salomon.

– Han är död, viskade hon. Han är död.

Käken på henne började i samma stund att hoppa

och skaka, fast att allt annat var fullkomligt stilla.

– Å, lilla flicka, sa Helga och grep tag om henne. Lilla, lilla flicka, vad ledsen vi måste göra henne.

Salomon fick sköta kaffet. Helga höll Inna i famnen och nu grät de båda två, också Inna hade kommit i tårar.

– Du ska titta i paketet, snyftade Helga. Där ligger ringen. Och ett tyg. Han for för att köpa till bröllopet. Gud vet varför han for till Malgo när han kunde farit till Racksele. Men nu for han till Malgo och hunden kom ensam tillbaka och Salomon följde med honom till vaken och där låg ränseln på iskanten, ja, den hade också varit i vattnet, det var väl hunn som dragit opp den... Ja, Gud sig förbarme, lilla Inna, en sådan olycka...

Salomon slog i av kaffet åt alla tre. Sedan spädde han i muggarna med brännvin som han hade i en plunta innanför rocken.

– Drick nu kaffe, sa han.

De två kvinnorna släppte varandra. Salomon pekade på muggarna så att de tog varsin. De sörplade det heta kaffet en stund.

– Du har hävt starkt i kaffet, Salomon, sa Helga när hon fått i sig lite.

– Ja, det har jag, svarade han. Drick nu. Vi behöver det där. Och här –. Han räckte fram av brödet.

– Ät nu och drick. Det är svårt det här. Det är ledsamt för oss också, ska du veta Inna. Vi höll av Aron. Det var särskilt med han. Och vi var så glada att han hittat sig en kvinna.

Inna sörplade kaffet. Hon åt ingenting. Hennes blick var het och främmande. Ibland gick en frossbrytning genom henne.

– Vi ska berätta allting, sa Helga. Om du vill ska vi berätta allting vi vet.

De satt sedan tysta och åt och drack. Djuren hade lagt sig ned igen, Inna lade mekaniskt nya vedträn på härden. Annars satt hon stel och orörlig, som höll hon fast vid något, något som inte fick rubbas, inte fick komma ur läge. Helga iakttog henne.

– Så du bor här i fuset? frågade hon försiktigt.

Inna nickade kort.

– Ni håller inte sams då, far din och –?

Det var tyst igen en tid.

– Men visst får vi ligga här över natten, Salomon och jag? Bara sträcka ut oss lite?

– Jo, viskade Inna.

De redde sovplatser åt sig i höet. Helga låg nära intill Inna och höll om henne.

– Vi ska prata mer en annan gång. Och vi ska ge dig sakerna han hade, Aron. Men vi tog inte med det nu. Och hunden, vill du kanske ha hunden hos dig här oppe? Du får komma till oss i Krokmyr sedan. Eller vi kan komma opp igen. Jag ser ju att du behöver hjälp här åt våren. Du väntar barn, Inna, visst är det så?

Inna tryckte sig mot Helga, hårt. Helga kunde känna hur hennes kropp kröktes i smärta.

– Du ska få ett fint barn efter han, sa hon och smekte Inna över silverhåret. Ett fint litet barn.